rowohlt

HUNDERT AUGEN

Jan Seghers

DER SOLIST

Roman

Rowohlt
Hundert
Augen

Originalausgabe
Veröffentlicht im Rowohlt Verlag, Hamburg, Februar 2021

Satz Freight Text bei Pinkuin Satz und Datentechnik, Berlin
Druck und Bindung CPI books GmbH, Leck, Germany
ISBN 978-3-498-05848-7

Die Rowohlt Verlage haben sich zu einer nachhaltigen Buchproduktion verpflichtet. Gemeinsam mit unseren Partnern und Lieferanten setzen wir uns für eine klimaneutrale Buchproduktion ein, die den Erwerb von Klimazertifikaten zur Kompensation des CO_2-Ausstoßes einschließt.
www.klimaneutralerverlag.de

FSC www.fsc.org
MIX
Papier aus verantwortungsvollen Quellen
FSC® C083411

Für Christian Habernoll †

A city no worse than others, a city rich and vigorous and full of pride, a city lost and beaten and full of emptiness. It all depends on where you sit and what your own private score is.
I didn't have one. I didn't care.

Raymond Chandler, *The Long Good-Bye*

RUST: «Ich hoffe, dass sie sich geirrt hat.»
MARTY: «Womit?»
RUST: «Damit, dass der Tod nicht das Ende ist.»

True Detective

In den Augen von irgendwem ist man immer ein komischer Kerl.

Simenon, *Maigret als möblierter Herr*

Wie in allen großen Städten kann man in Berlin einsam leben und einsam sterben.

Der Berber brüllt im Hinterhof und schmettert eine Flasche an die Wand. Unten wimmert ein Kleinkind. Das Telefon nebenan läutet seit Stunden ins Leere. Am Himmel die Wolke verweht. Jemand späht schon wieder vom Balkon. Jemand hört Stimmen. Jemand spricht mit sich selbst. Die Krähen treiben schräg im Wind.

So heiß war es früher nie, denkt man. Und wünscht sich einen strengen Winter. Einmal noch die weiße Gnade über diesem Dreck. Doch auch der Schnee wird schmutzig. Jemand seufzt, jemand raucht, jemand kann nicht schlafen. Oh Gott, so spät schon?

Häuser, Wohnungen, Zimmer, die man Zuhause nennt. Wo sich die Leute tummeln, nackt, in Jogginghose und weitem T-Shirt. Schwitzend mit Deodorant, nachtsaurer Atem mit Mundwasser. Viele allein, manche zu zweit. Sie paaren sich, wälzen sich mit ihren Jungen, die Wohnung jetzt ein Hasenstall. Dann werden die Jungen älter, und die Alten werden älter. Bis sie wieder allein sind, bis man sie hinausträgt und neu vermietet werden kann.

Es ist, wie es ist, und muss nicht so bleiben. Und einmal

kommen noch die Schwalben wieder. Wenn doch nur … Na? Wenn doch endlich ein Gewitter käme.

Die alte Frau schlurft zu den Tonnen, den Beutel mit Müll in der Hand. Regen fällt aus allen Wolken, und auf der Straße schaukeln schwere Ranzen die Kinder übers Pflaster.

Jedenfalls wird es Tote geben.

EINS

Noch war Neuhaus in Frankfurt und hoffte, dass seine Mutter ihm öffnen würde. Das Haus lag einsam am nördlichen Rand, abgeschnitten vom Rest der Stadt durch die Autobahn auf der einen und die Ausfallstraße auf der anderen Seite.

Einsam und umtost.

Ein Häuschen eher, das jetzt immer mehr verkam, bestehend nur aus Parterre und Dachgeschoss. Hölzerne Fensterläden in zerschlissenem Grün, schlierig grauer Putz, ein zerzauster Garten. Dahinter begannen die Felder.

«*Traumhafte Unterhaltung bei Wetten, dass..? wünscht Ihnen Früchte-Traum von Ehrmann*», dröhnte es aus dem Fernseher. «*Wetten, dass..? zeigt Ihnen heute live aus der Rhein-Ruhr-Halle in Duisburg: einen Mann mit Schaum vorm Mund, ein Motorrad auf Abwegen, Fußtritte en gros und ein Ei am Haken. Und den Megastar aus den USA! All das präsentiert Ihnen unser Star des Abends: Thooomaaas Gottschalk.*»

«Er hat ihn wirklich gekriegt», sagte seine Mutter.

Neuhaus nahm die Fernbedienung, schaltete den Apparat auf stumm, ließ das Bild aber weiterlaufen. «Wer hat wen gekriegt?»

«Gottschalk. Er hat Michael Jackson in seine Show gekriegt.» Ihre Augen zeigten eine Genugtuung, als sei das Ganze auch ein wenig ihr Verdienst, weil sie der Sendung die Treue gehalten hatte.

«Wann war das, Mama?»

«1995.»

«Und das zeigen sie heute, nach 22 Jahren, noch mal?»

Sie schüttelte den Kopf, griff sich mit beiden Händen in ihre graue Mähne und bedachte den Sohn mit einem verrutschten Lächeln. Dummer Junge, dass man ihm aber auch immer alles erklären muss.

«Ach was. Ist eine VHS-Kassette. Hab ich bei eBay ersteigert. Ein Euro plus Versandkosten.»

Ob er jetzt wohl kapierte, wie gewitzt sie noch immer war?

«Warum stand die Haustür offen, Mama?»

«Der Hund sollte noch mal raus, aber er schläft lieber.»

Sie lag mehr, als sie saß, nein, sie lagerte auf ihrem Kanapee wie eine Gräfin oder Kurtisane, eine alte Hippiehexe, der man zu huldigen hatte, den Blick mit Hochmut gewappnet, aber zugleich flackernd. Lagerte im Halbdunkel, ihr Gesicht beschienen vom fahlen Licht des Bildschirms, wo der große Goldjunge charmant die Bühne querte, Zähne zeigte und seinen Gästen den Platz zuwies.

«Den findet jeder gut, der kann mit allen, oder?», fragte Neuhaus.

Ihre Lippen kräuselten sich. «Und? Spricht das gegen ihn?»

Er ließ sich in den Sessel fallen und verzog im selben

Moment das Gesicht, angewidert von dem beißenden Geruch, der ihm entgegenschlug. Alles im Haus roch nach Hund, Hundehaare überall und getrockneter Rotz.

Neuhaus ging in die Küche, öffnete den Kühlschrank, fand einen Rest Fleischwurst, lockte den alten Retriever unter dem Couchtisch hervor und schickte ihn in den Garten.

Aufgewachsen war Neuhaus hier, in diesem Haus, bei seiner Großmutter. Über seinen Vater wusste er nichts. Seine Mutter, hatte Omi ihm damals erzählt, arbeite als Entwicklungshelferin in Afrika. Wo genau? Halt irgendwo in Afrika. Der Junge hatte es hingenommen, wie Kinder erst mal alles hinnehmen.

Einmal im Monat hatte die Mutter ihn angerufen, jeweils für eine Viertelstunde. Sie erzählte ihm Geschichten von Giraffen und Löwen, von Nashörnern und Elefanten. Und von schwarzen Kindern, denen sie Lesen und Schreiben beibringe. Dinge, von denen sie glaubte, dass ein deutscher Junge sie über Afrika wissen will. Bald wiederholten sich ihre Erzählungen. Von Mal zu Mal klang sie müder. Schließlich begann sie zu stottern. Ihre Anrufe wurden seltener, blieben irgendwann aus. Und er hörte auf, nach ihr zu fragen.

«Junge, ich wollte es dir ersparen», hatte Omi eines Tages gesagt, «aber ich glaube, sie ist gestorben dort unten.»

Dass sie nicht gestorben war, erfuhr er Jahre später, bei der Beerdigung seiner Großmutter. Er arbeitete längst für das Bundeskriminalamt und war in eine billige Wohnung im Taunus gezogen, in der er sich so selten wie möglich aufhielt. Von dort aus konnte er sowohl das BKA in Wiesbaden als auch den Frankfurter Hauptbahnhof und den Rhein-Main-Flughafen schnell erreichen.

Damals, am Grab seiner Großmutter, hatte er Mama zum ersten Mal nach all den Jahren wiedergesehen. Schön war sie ihm vorgekommen, stolz und verschlossen. Sie hatte ihn so scharf von der Seite angeschaut, dass seine Wange zu glühen begann. Er wandte sich zu ihr um. Zwei Wimpernschläge genügten, und er hatte alles in ihrem Gesicht gelesen: Verwunderung, Wohlgefallen, Gier, Angst. Sie beeilte sich, die Wahrheit hinter einem Lächeln zu verbergen. Mama, du bist eine Lügnerin, dachte er. Aber warum?

Sie wusste, dass er wusste; es stieß sie ab und zog sie an.

«Du kannst mich besuchen kommen, aber ich werde nicht reden», sagte sie. Da hatte sie bereits begriffen, dass er ihr ergeben sein würde. Er kam, stellte dennoch Fragen, und sie schwieg. Er liebte sie auch schweigend, und sie genoss es. Das alles war verrückt, sie wussten es beide, eben weil es ihre Geschichte war. Und sie hatte keinen Hehl daraus gemacht, dass es ihr um das Haus ging: «Meinst du, wir können uns einigen?» – «Du kannst es haben.»

Vor zwei Tagen war er abends nach einer Besprechung im Bundeskriminalamt in seine Wohnung gefahren, hatte den Briefkasten geleert und die Post auf den Küchentisch gelegt. Erst als er die Prospekte aussortierte, fiel ihm der kleine Umschlag auf. Er öffnete ihn, zog ein gefaltetes Blatt hervor und las:

«wenn du mehr über deine familie wissen willst schau dir das an aber schau es dir bis zum schluss an».

Ohne Punkt und Komma, ohne Absender, ohne Unterschrift. Darunter nur noch der Link eines Youtube-Videos.

Er schaltete sein Notebook ein und tippte die Zeichen in den Browser. Das Video hatte eine Länge von gerade mal vier Minuten und fünfzehn Sekunden. Ein User mit dem Namen ZeckenProject hatte es vor Jahren hochgeladen. Es trug den Titel «beerdigung von gudrun ensslin – andreas baader – jan-carl raspe». Eine Männerstimme nannte Zeit und Ort der Aufnahme: «Donnerstag, 27. Oktober 1977, Dornhaldenfriedhof, Stuttgart». Man sah junge Leute, viele von ihnen vermummt, über eine Wiese laufen und Transparente entfalten. Zwischen den Bäumen Uniformierte mit Schildkappen und Polizisten auf Pferden. Es kam zu Rangeleien, ein bärtiger Mann wurde abgeführt. Man hörte Gebrüll und Sprechchöre, über den Baumwipfeln kreiste ein Hubschrauber.

Was soll das?, dachte Neuhaus. Mit diesen Irren habe ich nichts zu tun. Ich war damals noch nicht einmal geboren.

Dann aber stutzte er. Im Off begann Joan Baez das Lied von Sacco und Vanzetti zu singen. Man sah eine junge Frau durch den Wald laufen, an der Hand ein vier-, vielleicht fünfjähriges Mädchen. Beide bekleidet mit langen Wollröcken und grobgestrickten Pullovern. Sie näherten sich einer schmalen Straße, blieben stehen und versuchten zu trampen. Als niemand hielt, trotteten sie weiter.

Wieder und wieder schaute Neuhaus sich die Passage an, dann endlich verstand er. Die Art, wie die Frau sich ins Haar griff, hatte sich in vierzig Jahren nicht verändert.

«Trink nicht so viel, Mama. Wir müssen reden. Du warst nie in Afrika, stimmt's?»

Sie schenkte sich nach und ließ die leere Flasche auf den Boden rollen.

«Ach, Afrika», sagte sie, «fängst du schon wieder an? Afrika ist ein dunkles Loch mit Gittern vor den Fenstern. Die großen Schlüssel bewegen sich kreischend in den großen Schlössern. Alles rasselt und brüllt und stöhnt. Und jede Nacht springen dich die wilden Tiere an.»

«Ich habe dich in einem Film gesehen. Da musst du gerade schwanger mit mir gewesen sein. Wer ist das Mädchen? Habe ich eine Schwester?»

Ihr Kopf fuhr herum. Sie schaute ihn an.

«Du warst im Gefängnis.» Er hielt ihrem Blick stand.

«Wenn du es sowieso weißt.»

«Warst du eine Terroristin?»

«Ich war eine Genossin, aber den Unterschied verstehst du nicht. Jetzt bin ich eine alte Frau.»

«Ihr habt Leute umgebracht, Mama.»

«Ich habe nicht erwartet, dass ein Polizist mich versteht. Du kennst mich nicht.»

«Das ist nicht meine Schuld. Du warst nicht da. Und als du da warst, hast du nicht mit mir gesprochen. Ich weiß bis heute nicht, wer mein Vater ist. Aber ich will wissen, ob ich eine Schwester habe.»

Sie schwieg. Dann schüttelte sie den Kopf. «Ich kann's nicht», sagte sie. «Ich kann nicht drüber sprechen. Komm zu mir.»

Er setzte sich neben sie.

«Du bist ein schöner Junge.» Sie legte eine Hand auf seinen Oberarm.

Er zuckte zurück.

Sie schlug die Augen nieder.

«Also ...»

Dann hörten sie beide den dumpfen Schlag aus dem oberen Stockwerk.

«Ich schaue nach.» Er war froh, sich von ihr zu lösen.

Im hell erleuchteten Schlafzimmer war eine Krähe durchs offene Fenster geflogen und gegen den Spiegel geprallt. Jetzt lag sie auf dem Boden, öffnete noch ein paarmal den Schnabel, aus dem ein dünner Faden Blut rann, dann war sie tot. Neuhaus nahm den Vogel, warf ihn ins Freie, in die Dunkelheit, ging ins Bad, holte einen Lappen und wischte die Dielen sauber.

«Was war?»

«Eine Krähe, du hast das Licht angelassen.»

«Vielleicht war sie krank. Oder ein Bussard hat sie gejagt.» Und nach einer Weile: «Wie geht es deiner ...?» Mitten im Satz brach sie ab.

«Was willst du wissen, Mama?»

«Wie geht es deiner Frau?»

«Sie ist seit sieben Jahren tot, und das weißt du.»

«Bist du erleichtert?»

Er sah sie ungläubig an.

«Sie hat dich betrogen.»

«Nein, sie hat mit anderen Männern geschlafen.»

Wieder wechselte sie das Thema: «Ich will den Hund nicht überleben. Er soll noch um mich weinen dürfen. Meine Haut ist so alt, ich mag nicht mehr in den Spiegel schauen. Das hätte ich nie gedacht.»

«Ach, Mama.»

«Ja, *ach, Mama.* Ist das alles? Jetzt siehst du, dass du auch nicht mehr zu sagen hast als ich!»

Er lachte. «Stimmt, und ich muss jetzt los, ich fahr direkt auf die Autobahn nach Berlin. Und du rufst mich an, wenn was ist. Versprichst du mir das?»

Er wusste, sie würde nicht anrufen. Sie rief nie an.

«Ich hab deine Nummer verloren.»

«Ich schreib sie dir noch mal auf und häng den Zettel an den Kühlschrank.»

Er kam zurück, nahm ihre Hand und sah sie an. «Ich liebe dich, Mama.»

«Ich weiß», sagte sie und schien glücklich. Sie sagte nicht: *Ich dich auch.* Stattdessen: «Ich lebe nicht mehr lange.»

«Sag so was nicht.»

Er stellte den Ton des Fernsehers wieder an und ließ den Hund ins Haus. Dann legte er noch drei 100-Euro-Scheine auf den Küchentisch.

«Ich gehe jetzt, Mama.»

Sie reagierte nicht mehr.

Er schloss die Tür, setzte sich in den Wagen, fuhr los und liebte sie.

Seit zwanzig Minuten schwebte er in seinem alten metallicgrünen Jaguar über die nächtliche Autobahn und sang lauthals, aber falsch ein paar Songs von Jeff Buckley mit, die er auf seinem Smartphone gespeichert hatte: *Treat her kindly, Though she needs you, More than she loves you.* Er musste lachen und an seine Mutter denken.

Das Stück war noch nicht zu Ende, als plötzlich vor ihm die Rotlichter aufflammten. Er trat auf die Bremse, war schon fast zum Stehen gekommen, zwei Meter vor dem fahrradbehangenen Heck eines Wohnmobils, hob den Blick, sah nun im Rückspiegel die Scheinwerfer eines Trucks auf sich zukommen, riss das Steuer nach rechts, gab wieder Gas, erwischte gerade noch die Ausfahrt. Und war in Sicherheit: wahrscheinlich der Letzte in der Reihe, der sich hatte retten können.

Er hörte einen Knall, dann einen zweiten und dritten, zählte nicht weiter, und immer wieder das Kreischen von berstendem Stahl. Die Hupen der Lastkraftwagen in der Dunkelheit klangen wie Nebelhörner eines Ozeanriesen oder wie das wütende Gebrüll hungriger Rinder.

Das wird Tote geben, dachte Neuhaus.

Minuten später, auf der leeren Landstraße, fiel ihm ein: Man muss die Rettungskräfte rufen. Bis ihm klar wurde, dass dies längst geschehen war. Jeder hatte ein Handy, alles passierte in Echtzeit. Ein paar Kilometer weiter kamen ihm bereits die ersten Blaulichter entgegen.

Am Rand der Fahrbahn, etwas zurückgesetzt, sah er ein kleines beleuchtetes Haus. Über der Tür ein Schild: Onkel

Toms Hütte. Vor dem Gebäude ein großer, geschotterter Parkplatz, wo, nahe am Eingang, nur ein alter Fiat Panda stand. Zwei trübe Laternen, zwei Abfallkörbe, ein Müllcontainer, eine leere Sitzgruppe mit angeketteten Stühlen und Tischen.

Er stieg aus, eine Maus huschte vor ihm über die freie Fläche, unentschlossen, mehrfach innehaltend und die Richtung wechselnd. Sie fand keinen Schutz. Das ruckartige Navigieren des Nagers erinnerte ihn an die Autoscooter auf dem Jahrmarkt. Eine Katze löste sich aus dem Müll, sprang auf die Maus zu, versetzte ihr spielerisch einige Hiebe, packte sie schließlich mit den Zähnen und trug das zappelnde Opfer in die Dunkelheit.

Auf der Außenwand, im Schein der Leuchtreklame, ein hingeschmiertes Hakenkreuz, das jemand zu übermalen versucht hatte. Er war hier in der Wetterau. Leichter Nieselregen.

Die Frau hinter dem Tresen war schlank und hatte dunkelbraune Haut. Ihr Haar hatte sie mit einem weißen, rot gepunkteten Tuch hochgebunden. Er dachte das Wort: polka dots.

Sie sah ihn an, geradewegs, Augen wie Enterhaken, der Ausdruck lauernd, ein wenig besorgt, was ihn irritierte.

Er versuchte, ihren Blick zu deuten. Angst schien sie nicht zu haben. Er zeigte auf die zwei Bratwürste, die am Rand der rechteckigen Fettpfanne lagen.

«Die beiden», sagte er, «mit viel Curry. Und eine Cola, bitte.»

Sie schob die Würste mit der Zange in die Mitte und

drehte an einem Schalter. Kurz darauf zischte das Fleisch. Im Radio kündigte ein Jingle die Verkehrsnachrichten an: *A5 Frankfurt Richtung Kassel … Schwerer Unfall mit vielen beteiligten Fahrzeugen zwischen Köppern und Rosbach in Höhe der Ausfahrt Friedberg. Vollsperrung in beide Richtungen. Bitte halten Sie eine Gasse für die Rettungsfahrzeuge frei. Mit mehrstündigen Staus ist zu rechnen. Es wird empfohlen, die Unfallstelle weiträumig zu umfahren. Wir machen weiter mit Musik. Unser Hörer Kevin Wagner aus Florstadt hat sich Mamma Mia von der schwedischen Popgruppe Abba gewünscht.*

Sie schaltete das Radio aus und legte eine CD ein. Sah ihn an, als wolle sie fragen, ob es schmeckt. Er hob den Daumen und nickte.

«Wurst können die hier», sagte sie. «Sie müssen sich nicht beeilen. Aber wenn Sie fertig sind, mach ich dicht.»

Sie rollte das R wie alle in der Gegend, was wohl hieß, dass sie schon immer hier lebte.

«Wie heißen Sie?» Er wusste nicht, warum er vertraulich wurde.

«Miriam.»

«Wie Makeba, die Sängerin?»

Ihre Augen wurden groß. «Ja. Das hat mich noch keiner gefragt.»

Er kannte den Namen von seiner Mutter.

«Sind Sie Musiker?», fragte sie.

«Nein.»

«Aber Künstler?»

«Nein.»

«Ich male und nähe Kleider. Jetzt sind Sie dran!»

«Polizist.»

Sie hob die Brauen und nickte. Dann machte sie sich an der Spüle zu schaffen.

«Das gefällt Ihnen nicht.»

«Egal», sagte sie, ohne aufzuschauen.

«Es sind nicht alle gleich.»

«Ja ... mag sein.»

«Warum haben Sie das hier Onkel Toms Hütte genannt?», fragte er.

«Weil ich dachte, dass ein solcher Name den Leuten vertraut vorkommt. Aber ich habe mich geirrt. Außer mir scheint hier niemand das Buch zu kennen. Man liest wohl gar nicht mehr. Nicht mal die Zeitung.»

Hinter ihr an der Wand hing ein fleckiger, bestickter Wimpel, auf dem die Worte standen: *Gedenkt eurer Freiheit jedes Mal, wenn ihr Onkel Toms Hütte seht!*

Neuhaus deutete auf den Lautsprecher: «Was hören wir?»

«Das kennen Sie nicht?»

«Nein, ich bin gut in Musik, aber ich habe keine Ahnung.»

«Cesária Évora, eine Sängerin von den Kapverden, da kommen meine Eltern her. Sie ist in Kneipen aufgetreten. Dann ist sie barfuß nach Paris geflogen, ist zu den großen Musikstudios spaziert und hat darauf bestanden, ihre Lieder vorzusingen. Sie wurde schnell berühmt, ist aber vor ein paar Jahren gestorben, und jetzt kennt man sie schon fast nicht mehr.»

«Ich werde mir eine Platte von ihr kaufen», sagte er. «Ist hier immer so wenig los?»

Miriam zeigte auf die Wanduhr. «Bis vor einer Stunde hatte ich gut zu tun.»

Er schwieg.

«Es kommen hauptsächlich Männer. Weil ich fast immer geöffnet habe und weil meine Würste gut sind. Manche kommen auch, weil sie gerne mit mir schlafen würden.»

Sie wartete, wie Neuhaus reagierte.

«Manche, weil ich schwarz bin, manche, obwohl ich es bin. Und ein paar, weil ich ihnen einfach gefalle. Aber alle scheinen sich dafür zu schämen. Wenn sie doch mal mit ihren Frauen da sind, tun sie so, als würden sie mich nicht kennen.»

Neuhaus stand auf, nahm seinen leeren Teller und stellte ihn auf den Tresen. Erst jetzt sah er den Schäferhund, der neben ihr auf dem Boden lag, das Fell senfgelb, rostrot, schwarz, mit weißen Flecken an den oberen Läufen.

Neuhaus hob die Brauen. Miriam folgte seinem Blick.

«Das ist Ajax. Vielleicht kann er mir helfen, wenn's drauf ankommt.»

Der Hund schien zu schlafen, blinzelte nun aber, als er seinen Namen hörte.

«Wenn es drauf ankommt?», fragte er.

«Man weiß nie. Hier werden Neger noch Neger genannt. Nicht mal die weibliche Form scheinen sie zu kennen.»

Mit dem Handrücken ihrer Linken schob sie sich eine Locke von der glänzenden Stirn, die Rechte wischte sie am Kittel ab.

«Warum ziehen Sie nicht weg?», fragte er.

«Und wohin? Ich möchte hierbleiben.»

Neuhaus hob leicht den Kopf. «Ich wüsste gern, wo ich bleiben möchte. Aber ich weiß es nicht. Jedenfalls müsste es warm sein und das Meer in der Nähe.»

Dann hörte er das Röhren eines Motors und sah die Scheinwerfer, die in hoher Geschwindigkeit auf den Imbiss zukamen. Knapp vor dem Schaufenster hielt der Wagen an. Es wurde mehrfach gehupt und aufgeblendet. Neuhaus griff instinktiv nach seiner Dienstwaffe, aber Miriam schüttelte den Kopf.

«Sie kommen jeden Abend», sagte sie. «Immer zu einer anderen Zeit. Sie wollen mir Angst machen.»

«Sie müssen die Polizei holen.»

Schotter spritzte auf, als der Wagen jetzt wendete und hupend in der Nacht verschwand.

Sie sah Neuhaus ungläubig an. Ihr Kichern klang fast hysterisch.

«Irgendwas falsch an meinem Vorschlag?», fragte er.

«Alles», erwiderte sie, «alles.»

Er legte fünfzehn Euro auf den Tresen.

«Merci, chérie», sagte er und wusste nicht, was in ihn gefahren war.

Ihr Lächeln blieb, aber sie wandte sich ab. Ihr Kittel spannte über den Hüften. Mehrmals wechselte sie Stand- und Spielbein.

«Tschüs», sagte er.

«Auf Wiedersehen», antwortete sie. Aber es klang wie eine Frage. Wieder sah sie ihn an.

Er hob die Hand.

Hinter Wölfersheim erreichte er die Autobahn. Dann fuhr er lange durch den dunklen, deutschen Osten. Als er müde wurde, nun schon kurz vor Berlin, bog er ab auf einen Parkplatz, stellte sich in die Lücke zwischen zwei LKW und dämmerte eine Weile. Es hatte aufgehört zu regnen, er ließ die Beifahrerscheibe ein kleines Stück herunter. Die Luft war lau, er meinte, die nasse Erde, die Würmer und den Sauerampfer zwischen den Bäumen zu riechen. Aus den Lautsprechern kam leise ein Stück von Tom Waits aus den späten Achtzigern. *In the cold, cold ground.* Neuhaus schlief ein.

Geweckt wurde er von seinem Telefon. Er brauchte eine Weile, um sich zu orientieren, dann nahm er das Gespräch an.

«Günther hier. Wann kannst du da sein?»

Neuhaus drehte den Zündschlüssel, um auf sein Navi zu schauen.

Günther Jeschke war Leiter der SETA, der neu gegründeten Sondereinheit Terrorabwehr, zu der man Neuhaus abgeordnet hatte.

«Stimmt es, dass du jüdischen Glaubens bist?», fragte Jeschke.

Was soll die Frage, dachte Neuhaus, was soll diese verquere Formulierung? Warum fragt er nicht einfach, ob ich Jude bin? Neuhaus hätte schlicht nein sagen können, aber er beschloss auszuweichen. «Warum wollen Sie das wissen?»

«Bei uns sind die Hierarchien flach, Neuhaus. Wir duzen uns.»

«Machen Sie das.»

«Wir haben die Information, dass du ein Jahr bei den israelischen Kollegen in Jerusalem gearbeitet hast, richtig?»

«Richtig.»

«Gut, also: Wann kannst du hier sein?»

«Mein Navi sagt, in siebzehn Minuten, ich wollte nur kurz ins Hotel, um meine Sachen ...»

«Schenk deinem Navi ein neues Ziel! Wir haben einen Toten am Landwehrkanal, gegenüber der Fraenkelufer-Synagoge.»

ZWEI

Salah stand in seinem winzigen Apartment vor dem Flurspiegel, wog die Pistole in der Hand und lächelte sich zu. Ihm gefiel, was er sah. Obwohl er dunkles Haar hatte, war seine Hautfarbe hell. Er war ein schöner junger Mann mit langen Wimpern und vollen Lippen. Und doch war er unzufrieden. Die Mädchen, mit denen er gerne ausgegangen wäre, interessierten sich nicht für ihn. Sie trieben sich mit allen möglichen Typen herum, ohne ihn zu beachten.

Er wandte sich ab und ließ die Pistole in seine Jackentasche gleiten. Noch zwei Stunden, dachte er, dann werde ich wieder etwas tun.

Seinen ersten Kontakt zum Islamischen Staat hatte Salah nach dem Tod seines Freundes Anis Amri über den Messengerdienst Telegram gesucht.

«Ich war ein Freund von Anis. Ich lebe in Berlin. Ich will etwas machen», hatte er geschrieben.

Lange war keine Antwort gekommen. Er nahm an, dass ihn die Brüder erst überprüfen mussten. Schließlich erhielt er eine Nachricht auf Englisch. Er solle auf Telegram verzichten, stattdessen eine sichere WhatsApp-Modifikation laden und auf weitere Anweisungen warten.

Ein deutscher Landsmann werde sich bei ihm melden, vorher dürfe er keinesfalls etwas unternehmen.

Der Mann, der ihm zwei Monate später schrieb, nannte sich Mamadou. Er bedankte sich bei Salah für dessen Opferwillen und verlangte bedingungslosen Gehorsam.

«Wenn wir entscheiden, du sollst jemanden töten, dessen Tod du nicht verstehst, wirst du es tun und auf jene Weise, die wir verlangen?»

«Das werde ich.»

«Wenn wir entscheiden, du musst einen Bruder töten, der sich mit den Kreuzfahrern eingelassen hat, wirst du ihn richten?»

«Das werde ich.»

«Wenn wir entscheiden, du sollst einen Sprengsatz auf einem Spielplatz zünden, wirst du es tun?»

Ohne zu zögern, kam Salahs Antwort. «Ich werde folgen. Aber ich möchte etwas Großes tun.»

«Du wirst etwas Großes tun. Hab nur Geduld!»

«Dann ist alles gut.»

«Schick uns deinen Eid und ein paar Fotos von dir!»

Mamadou schrieb, er solle zur Genezareth-Kirche am Herrfurthplatz gehen und sich auf die Bank neben der alten Telefonzelle setzen, die jetzt als öffentlicher Bücherschrank diente. Er solle aufpassen, dass ihn niemand beobachte, und das Päckchen an sich nehmen, das unter der Bank versteckt sei.

Dass die mit Paketband verklebte Plastiktüte eine Waffe enthielt, spürte Salah sofort. Er wusste, jetzt war er ein Kämpfer.

Wieder verging Zeit, aber schließlich erhielt er seinen ersten Auftrag. Er hatte noch nie getötet; er war nervös und begierig zugleich. Am Ende war alles ganz einfach. Er war in den Spreepark gefahren, hatte den Mann in ein Gespräch verwickelt und ihn in einem günstigen Moment erschossen.

Und schon vierzehn Tage zuvor hatte er den Namen, die Adresse und Fotos seines zweiten Opfers erhalten.

«Geh vor seinem Haus entlang, setz dich auf die Bank gegenüber. Zeig dich ihm, begegne ihm, als sei es Zufall. Du wirst ihm gefallen, sei gewiss!»

David Schuster wohnte in einem ungepflegten Mietshaus, nicht weit vom Kottbusser Tor und nicht unähnlich jenem, in dem Salah selbst wohnte.

Salah kreuzte seinen Weg, wenn Schuster einkaufen ging, er saß rauchend auf der Bank, wenn der andere vorüberkam, er nickte ihm zu, wenn dieser ihn lächelnd und ein wenig fragend ansah.

Schließlich trat David Schuster auf ihn zu: «Wollen wir uns treffen?»

«Im Moment schlecht», sagte Salah.

Eine Woche später, vor dem türkischen Supermarkt an der Skalitzer Straße, dieselbe Frage und dieselbe Antwort. «Im Moment schlecht.»

Salah berichtete Mamadou.

«Gut, du hast ihn am Haken. Mach dich ein paar Tage unsichtbar. Lass ihn zappeln.»

Gestern am Vormittag dann eine neue Nachricht: «Zeig dich ihm! Er hält heute und morgen Abend einen Vortrag in der Fraenkelufer-Synagoge. Geh heute hin, sei frühzeitig da und warte, bis er sich dem Gebäude nähert. Verabrede dich für morgen mit ihm. Versuch, ihn abzupassen, bevor ihr in die Nähe der Videokameras kommt. Du wirst sehen, er wird erfreut sein und deinen Vorschlägen folgen. Sei gewiss!»

So kam es. In der Grimmstraße liefen sie direkt aufeinander zu.

Salah heuchelte. Er tat überrascht und versuchte, seiner Stimme einen erfreuten Unterton zu geben: «Wir … wir kennen uns doch.»

David Schusters ovale Brille war beschlagen. Er nahm sie ab, rieb sie an seinem T-Shirt unter dem Jackett trocken, blinzelte und zeigte schließlich ein breites Lächeln.

«Wollen wir uns sehen?», fragte diesmal Salah.

«Heute?»

«Heute ist wieder schlecht. Geht auch morgen? Aber ich kann erst gegen Mitternacht.»

Inzwischen hatten sie die Admiralbrücke erreicht.

Schuster nickte. «Das ist gut, früher geht bei mir auch nicht. Ich freue mich.»

Salah wies auf ein von Bäumen umstandenes Plateau am Kanal. Er kannte sich aus. Er hatte sich kundig gemacht.

«Dort», sagte er. «Morgen um Mitternacht.»

«Du wirst da sein?»

«Ich werde da sein.»

Es war Sonntag, der 10. September 2017. Alles war vorbereitet, der leichte Nieselregen willkommen. So hatten sich die Feiernden, die hier bei schönem Wetter jeden Abend auf der Brücke mit Joints und Drinks schrill lachend zusammenkamen, längst zurückgezogen. Salah trug einen Daypack auf dem Rücken, eine dunkel getönte Brille und einen Bucket Hat, jene schlaffe Kopfbedeckung, die eine Weile bei deutschen Touristen in Mode gewesen, dann als spießig in Verruf gekommen war und die sich später die Raver in den Open-Air-Clubs über die Köpfe stülpten. Er würde niemandem auffallen. Er war ein Nerd, der sich weiße Latexhandschuhe übergestreift hatte, einer dieser Verrückten, wie es sie in Berlin zu Tausenden gab und die nur noch den Besuchern aus der Provinz einen Blick wert waren.

Er zog die beiden Halbliterflaschen aus dem kleinen Rucksack. Eine reichte er dem bärtigen Obdachlosen, der hier sein Nachtlager aufgeschlagen hatte. Sie war mit Wodka gefüllt und mit einem Schlafmittel versetzt. Seine eigene enthielt Leitungswasser.

Sie prosteten einander wortlos zu. Der Bärtige grunzte noch ein paarmal, dann verkroch er sich in seinen Schlafsack und begann zu schnarchen. Salah platzierte sich neben ihm im Dunkel auf der Mauer, als sei er seinesgleichen.

Knapp eine Stunde musste er noch warten. Dann sah er David Schuster vom anderen Ufer des Kanals über die Brücke kommen. Salahs Rechte glitt in den Daypack, der jetzt neben ihm stand, er umfasste die Waffe und zog sie hervor.

Salah hatte keine Ahnung von Pistolen gehabt. In der

Schachtel mit den 50 Patronen, «9 mm Parabellum» stand darauf, lag eine ausführliche Bedienungsanleitung auf Deutsch, die er immer wieder las. Nachts war er ein paarmal in den Plänterwald gefahren, hatte hastig auf einen Baum geschossen und sich schnell wieder entfernt.

David Schuster schaute sich suchend um. Er betrat das betonierte Plateau am Ufer des Kanals und drückte auf den Leuchtknopf seiner Armbanduhr. Sie zeigte 23.49 Uhr. Noch in der Dunkelheit war die Stadt laut. Sie war immer laut.

Als er Salah den Rücken zukehrte, kam der einen Schritt näher, trat aus dem Schatten, hob die Hand mit der Waffe in Kopfhöhe seines Opfers und drückte ab. Der Jude fiel zu Boden.

Der Bärtige schnarchte noch immer.

Ein einziger tödlicher Schuss in den Hinterkopf. Salahs zweiter Auftrag war erfüllt.

Er prüfte noch kurz den Puls seines Opfers und entfernte sich in Richtung Kottbusser Brücke. Mit ein wenig Glück würde er in der Ankerklause noch einen veganen Burger bekommen.

DREI

Von dieser Frau würde ich mich schlagen lassen, dachte der Alte, als er jetzt darauf wartete, dass sie an seinem Grundstück vorüberlief.

Seit sie ihm vor ein paar Wochen auf der Straße zum ersten Mal begegnet war, nannte er sie bei sich «die Rote», was der Sache einen zusätzlichen Reiz verlieh. Manchmal hing er ihrem Bild halbe Tage lang nach. Und da er nichts über sie wusste, konnte sie alles für ihn sein. Während der langen Fahrten auf dem Rücksitz der Limousine oder der endlosen Sitzungen wurde sie ihm Tochter, Geliebte, Herrin. Und wenn er bei Sinnen war, was er zu vermeiden suchte, wusste er, dass er sie bald vergessen haben würde. Wie all die anderen Trugbilder seines Lebens, das nicht mehr allzu lange währen würde.

Er hatte die breite Glastür aufgeschoben und war ins Freie getreten. In der gerade erst aufgehenden Sonne warf das Haus einen frühen Schatten aufs feuchte Gras. Nikolas Junker stand auf der Terrasse seiner Villa, rauchte die erste Zigarette des Tages und schaute durch die Lücke im Oleander auf die Straße.

Die Krakeeler waren auch um diese Uhrzeit schon wieder da. In letzter Zeit organisierten sie sogar gelegentlich Nachtwachen vor seinem Grundstück. Sie brachten Kaffee und Sandwichs mit und riefen ihre Parolen. Meist näherten sie sich wie harmlose Spaziergänger, schlenderten über die Straße, blieben vor seinem Haus aber plötzlich stehen, packten Spruchbänder und Schilder aus und skandierten ihre Beschimpfungen. Immer mal wieder wurden sie von der Polizei vertrieben, um sich am nächsten Tag aufs Neue zusammenzurotten. Mal waren es nur fünf, mal zwölf, mal fünfzehn. Die Nachbarn reagierten zunehmend dünnhäutig auf den Belagerungszustand, schrieben dem Alten Briefe, machten Eingaben, mancher forderte gar seinen Wegzug.

Nachdem es mehrere Attacken mit Farbbeuteln auf die Fassade seiner Villa gegeben, man zwei seiner Fenster eingeworfen hatte und er zuletzt bei einem Spaziergang um die Insel mit einer Soft-Air-Waffe angegriffen worden war, war ihm gestattet worden, auch den Bürgersteig vor seinem Grundstück durch eine schwenkbare Videokamera überwachen zu lassen.

Nikolas Junker wurde von den meisten in seiner Umgebung nur «der Alte» genannt. Er war Ehrenvorsitzender der Partei «Die Aufrechten». Und er war Spitzenkandidat für die bevorstehenden Bundestagswahlen.

Nach seiner Flucht aus dem Osten hatte er in Westdeutschland Geschichtswissenschaften studiert, war den Christdemokraten beigetreten und hatte rasch Karriere gemacht. Kulturattaché an der deutschen Botschaft in Lissabon, Büroleiter des Stuttgarter Oberbürgermeisters, leitender Mitarbeiter im Bundeslandwirtschaftsministerium, dann zurück nach Stuttgart als Staatssekretär. Schließlich, andere wären längst in den Ruhestand gegangen, hatte er als Herausgeber noch fast fünfzehn Jahre lang die *Brandenburgischen Nachrichten* geleitet. Beliebter Gast in vielen Salons, Autor angesehener Verlage, war er selbst vom politischen Gegner für seine Besonnenheit gelobt worden: ein «Grandseigneur», wie man gerne über ihn schrieb.

Er war ein Günstling des Systems gewesen, so nannten das manche in seiner neuen Partei, und hatte gut an ihm verdient. Nie hätte er, der Flüchtlingsjunge, sich träumen lassen, einmal eine Villa auf Schwanenwerder zu besitzen. Nur vierzig Grundstücke gab es auf der kleinen Insel zwischen Havel und Großem Wannsee, aber es waren die teuersten von Berlin. Die Nazis hatten sie den wohlhabenden jüdischen Industriellen und Bankiers abgenommen, die hier zunächst wohnten. Des Teufels General, hieß es, habe hier gelebt, jener legendäre Jagdflieger aus dem Ersten Weltkrieg, der mit den Tragflächen seines Flugzeugs angeblich ein Taschentuch von der Landebahn aufnehmen konnte. Joseph Goebbels war mit seiner Familie nach Schwanenwerder gezogen, Albert Speer und Hitlers Leibarzt Theodor Morell. Später dann Eisenhower, General Lucius Clay und Axel Springer.

Nikolas Junker war im Jahr 1999 zur rechten Zeit der Tipp gegeben worden, dass eine der Villen schnell verkauft werden müsse, weil die Vorbesitzer Geld brauchten. Er hatte augenblicklich zugeschlagen. Und bis heute fand der Alte, sich nicht in unangemessener Umgebung niedergelassen zu haben.

Dann aber, als seine Herausgeberschaft endete, kam die Zeit der Leere und der Dunkelheit. Seine längst überwunden geglaubte Schwermut überfiel ihn aufs Neue. Einmal pro Woche ließ er seinen Therapeuten aus Stuttgart anreisen, ohne an dessen Kunst zu glauben.

Und: Der Alte wähnte sich auch bei den Christdemokraten, denen er seit nunmehr vierzig Jahren angehörte, von geschichtslosen Dummköpfen, von Linken umzingelt, denen Schwule, Zugereiste und die Opfer des Holocaust wichtiger waren als die eigene Heimat und die eigene Kultur. Zunehmend begann er, sich unwohl zu fühlen, und suchte die Nähe zu anderen Unzufriedenen. 2013 schließlich war Schluss. Er verließ die Christdemokraten und gründete mit weiteren Ehemaligen seine eigene Partei. Seitdem ging es ihm besser.

Er hatte die Salons gegen die Schmuddelecke getauscht, das kultivierte Gespräch gegen die Wut und das manchmal dumpfe Gejohle seiner neuen Anhänger. Und dennoch: Nie war ihm so viel Aufmerksamkeit zuteilgeworden wie jetzt.

Jetzt war er ein Rentner des Systems, der in dessen Herz vordringen wollte, in den Berliner Reichstag.

Er drehte sich kurz um. Es war Montag, der 11. September 2017. Die Standuhr im Salon zeigte 6.45 Uhr. Er war zufrieden. Die Wahlveranstaltung gestern Abend in Oranienburg war ein voller Erfolg gewesen. Alles hatte gestimmt: die untergehende Sonne im Fenster hinter ihm, das Licht auf der Bühne, seine Gelassenheit und die rauschhafte

Begeisterung des Publikums. Er hatte den Ton getroffen. Es schien, als könne er nichts mehr falsch machen.

Anschließend hatte Rutger ihn nach Hause chauffiert. Er selbst hatte im Fond des Wagens gesessen und ein wenig gedämmert. Um kurz nach Mitternacht fuhren sie runter durch den Wald nach Schwanenwerder. Rutger schaute in den Rückspiegel und gratulierte ihm zum Geburtstag. Die Laternen am Straßenrand sahen aus, als würden sie noch immer mit Gas betrieben. Ein Habicht schwebte lange vor ihnen im Licht der Scheinwerfer.

Er hatte sich sofort ins Bett gelegt und leise die «Vier letzten Lieder» von Richard Strauss gehört. Er hörte sie jeden Abend vor dem Einschlafen, und stets in der Aufnahme mit Jessye Norman. Und wie immer, wenn die Sängerin bei den letzten Zeilen angelangt war, musste er ein wenig weinen: *Wie sind wir wandermüde. Ist dies etwa der Tod?*

An diesem Morgen war die Rote ein wenig spät dran. Sie war hochgewachsen, trug Breeches und Lederstiefel, an der Leine die beiden Setter, deren Fell dieselbe Farbe hatte wie das Haar der Frau. Nikolas Junker trat einen Schritt vor; er hoffte, dass sie ihn heute, an seinem 80. Geburtstag, bemerken würde, aber wieder lief sie vorüber, ohne den Kopf zu wenden.

Der Alte ging zurück ins Haus, wo er Rutger bereits in der Küche hantieren hörte. Junker öffnete die Tür und begrüßte seinen Mitarbeiter, der das Frühstück vorbereitete und ab und zu auf den kleinen Bildschirm der Überwachungskamera schaute.

Rutger war sein Sekretär, sein Leibwächter und sein Chauffeur. Er bekam 5000 Euro dafür, dass er ihm Tag und Nacht zur Verfügung stand. Kost und Logis waren frei. Rutger hatte Jura studiert und mit einem Prädikatsexamen abgeschlossen. Er war mehrfacher Sieger der *Student World Championships* im Taekwondo gewesen und hatte schon als Schüler zwei Rhetorik-Wettbewerbe gewonnen. Dann war Rutger ins Trudeln geraten, hatte Drogen genommen, gedealt und einen Kiosk überfallen. Nach einer der ersten öffentlichen Veranstaltungen war er auf den Alten zugekommen. Nikolas Junker hatte sofort das Talent des Mannes erkannt. Er hatte ihn aus dem Dreck gezogen und kurze Zeit später zu seinem Adlatus gemacht.

«Wie viele sind es?», fragte der Alte.

«Ich habe 24 gezählt», sagte Rutger. «Keiner von denen ist zum ersten Mal hier. Alles treue Gegner.»

Der Alte lächelte zufrieden. «Mehr als sonst. Vielleicht wissen sie, dass ich Geburtstag habe. Du solltest ihnen ein Blech Streuselkuchen nach draußen bringen.»

Rutger schaute den Alten ungläubig an, dann merkte er, dass es ein Scherz gewesen war.

«Was rufen sie?»

«Dasselbe wie immer», sagte Rutger: «*Nazis raus! Nazis, verpisst euch, keiner vermisst euch! Junker ist ein brauner Tropf, Vogelschiss auf seinen Kopf.* Und wenn die Polizei kommt, werden sie rufen: *Deutsche Polizisten schützen die Faschisten.* Immer dieselbe Leier.»

«Nichts Neues?»

«Wollen Sie's wirklich wissen?»

Der Alte nickte.

«Ohne Hemd und ohne Hose, bei Junker hilft nur Vollnarkose.»

Junker wusste sofort, worauf sich der Spruch bezog.

Es klingelte. Rutger schaute irritiert auf den Bildschirm, dann schaltete er blitzschnell auf die Kamera um, die direkt über der Haustür angebracht war.

«Eine Frau mit zwei Hunden. Sie ist schon auf dem Grundstück.»

«Dann haben wir heute Nacht vergessen, das Tor abzuschließen. Lass nur, ich geh selbst.»

Er trat in den Flur, öffnete die Tür und nickte der Roten zu. Einen halben Kopf größer als er war sie gewiss.

«Junker», sagte er.

Ohne sich zu rühren, sah sie ihn an wie etwas, in das sie versehentlich hineingetreten war.

«Man kennt Sie ... Haben Sie es noch nicht bemerkt? In Ihrem Garten liegt jemand.»

Der Alte sah das hochmütige Glitzern in ihren Augen und die tanzenden Sommersprossen auf der Nase. Er meinte das Lederfett ihrer Stiefel zu riechen.

«Platz!», sagte sie zu den Hunden, die ihn beschnüffeln wollten. Sie beugte sich ein wenig hinab und kraulte die Tiere im Nacken.

Innerlich warf sich Junker vor dieser Frau auf die Knie.

«Was meinen Sie? Wollen Sie nicht hereinkommen?»

«In Ihrem Garten liegt ein junger, dunkelhäutiger Mann. Ich denke, dass er dort übernachtet hat. Mehr habe ich nicht zu sagen. Der Rest ist Ihre Sache.»

Sie wandte sich ab. Die Hunde an ihren Leinen überholten sie, zogen kurz an, blieben am Grundstückstor stehen und warteten. Der Alte sah ihnen nach. Er war glücklich.

Nikolas Junker hatte keine Angst. Schon lange nicht mehr. Trotzdem ging er zum Waffenschrank, öffnete das Zahlenschloss und nahm eins seiner Jagdgewehre heraus. Er sah sein Lächeln im Spiegel und wandte sich rasch ab. Sein gespitzter Mund gleiche einem *Cul de Poule*, einem Hühnerarsch, hatte eine französische Journalistin über ihn geschrieben, und weil es leider stimmte, hatten es ihre deutschen Kollegen dankbar wiederholt.

Er ging nach draußen, sah das braune Bündel zwischen den Rhododendren liegen, brachte seine Waffe in Anschlag und zielte auf den Körper des Jungen.

Dann kam ihm eine Idee.

«Rutger», rief er ins Haus, «mach Frühstück für drei!»

VIER

Um 7.14 Uhr erreichte Neuhaus das Planufer am Landwehrkanal. Der Tatort wurde von Uniformierten bewacht, aber es liefen zu viele Leute innerhalb der Absperrung herum.

Er ließ das Fenster herunter, zeigte seinen Ausweis, stieg aus und ging einfach durch.

«Neuhaus, nehme ich an. Willkommen!»

Der Mann, der ihm seine Hand entgegenstreckte, war Anfang fünfzig, ein wenig gerundet, trug Jeans und Jackett und lächelte verbindlich. Typ väterlicher Freund, dachte Neuhaus, jedenfalls will er so wirken.

Statt einzuschlagen, nickte Neuhaus nur.

«Na gut, ich bin Günther. Und wenn ich gleich vorstellen darf», er wies auf den jüngeren Mann neben sich, der ihn um Haupteslänge überragte, «das ist Ansgar Schindler, Spezialist für alles, was mit IT und Kommunikation zu tun hat. Nicht nur ein ausgewachsener Riese und hervorragender Kollege, sondern auch einer meiner besten Freunde. Und da kommt Alizé Tesch, Kriminaltechnikerin, die von allen nur Tante genannt wird.»

Die Frau, die jetzt auf ihre Kollegen zugestakst kam, war auffällig dünn und nur wenig kleiner als Schindler.

«Ja, Tante. Was ist mit Tante?», fragte sie.

«Ich bin Neuhaus, der Neue.» Er nickte ihr zu. «Schöner Vorname, Alizé.»

«Hat dir Günther gesagt, dass du ihn niemals Günni nennen darfst?»

«Warum nicht?»

«Er sagt, das klingt so türkisch.»

«Weiß man, wer der Tote ist?», fragte Neuhaus.

Günther nickte. «Er heißt David Schuster. Hat gestern Abend in der Fraenkelufer-Synagoge einen Vortrag gehalten.»

«Warum übernimmt die SETA?»

«Dem Mann ist in den Hinterkopf geschossen worden. Wenn sich herausstellt, dass wir es mit einem antisemitischen Anschlag zu tun haben, könnte das die Bundestagswahl in anderthalb Wochen beeinflussen.»

«Deshalb haben Sie mich gefragt, ob ich jüdischen Glaubens bin?», fragte Neuhaus.

«Hör zu … es dauert nur noch ein paar Stunden, dann haben wir die gesamte Presse und die Hauptstadtpolitik auf dem Hals. Für die Sache hier braucht es Fingerspitzengefühl.»

«Kann ich mir das Opfer ansehen?»

«Dafür bist du da. Die Kennenlernspiele machen wir später in der Baracke.»

«Baracke?»

«So nennen wir unsere Unterkunft auf dem Tempelhofer Feld.»

Neuhaus wandte sich ab. Er ging ein paar Schritte

auf die Admiralbrücke, stellte sich an die Brüstung und schaute aufs Wasser. Zwischen den Schwänen, die dort schwammen, trieb eine tote Taube.

Zwanzig Meter weiter sah er durch die Bäume am Ufer die weißen Schutzanzüge der Kollegen von der Spurensicherung.

Aus seiner Jackentasche zog er ein Päckchen mit Latexhandschuhen, die er sich überstreifte. Ungefragt reichte man ihm eine Kopfhaube und Überschuhe.

Der Tote lag auf der Seite, der Mund halboffen, eine zerdrückte Brille halb unter der Wange.

«Hat man ihn bewegt nach der Tat?», fragte Neuhaus den Mann, der am nächsten bei ihm stand.

«Wir gehen davon aus.»

«Todesursache? Ich weiß, dafür sind andere zuständig, aber ...»

«Jedenfalls hat man ihm von schräg oben in den Hinterkopf geschossen. Könnte sogar sein, dass der Schütze auf dem Mäuerchen stand.»

Neuhaus folgte der Kopfbewegung des Kriminaltechnikers. Er sah die etwa vierzig Zentimeter hohe Mauer und davor einen Einkaufswagen, der mit prall gefüllten Plastiktüten beladen war. Auf dem Boden lagen ein Schlafsack und eine Steppdecke. Daneben eine Batterie leerer Pfandflaschen, die der Bewohner des Platzes wahrscheinlich gestern Abend noch gesammelt, aber nicht mehr hatte zu Geld machen können.

«Todeszeitpunkt?»

«Keine Ahnung. Aber die Rechtsmedizin war bereits hier.»

«Weiß man etwas über die Waffe?»

«Haben wir bislang nicht gefunden.»

«Wer hat das Opfer entdeckt?»

«Nicht mein Gebiet ...»

«Aber?»

«Ich habe gehört, der Obdachlose, der hier campiert, ist am Morgen neben dem Toten aufgewacht und schreiend auf die Straße gerannt. Ein Security-Mann aus der Synagoge, seine Schicht war wohl gerade zu Ende, hat das Opfer erkannt und die Polizei gerufen.»

«Wie kann es sein, dass der Mann hier erschossen wird, und niemand hört den Knall?»

«Wir sind in Berlin, Grenze Kreuzberg-Neukölln. Hier knallt es ständig. Irgendwo gibt es Feuerwerk, ein Motor hat eine Fehlzündung, jemand ballert von seinem Balkon mit einer Schreckschusspistole um sich, ein Geldautomat wird gesprengt, und manchmal knallt auch einfach ein Sektkorken. Niemand kümmert sich.»

«Und was ist mit dem Obdachlosen, der direkt neben ihm geschlafen hat?»

«Ist wohl betrunken gewesen. Wenn er es sich leisten kann, soll er gesagt haben, ist er immer betrunken.»

«Danke, Kollege, für die Geduld.»

«Bin ich gewohnt. Wir werden fast an jedem Tatort gelöchert. Aber du kannst mir auch einen Gefallen tun.»

Neuhaus hatte sich gerade abwenden wollen, als der Kriminaltechniker ihm etwas entgegenstreckte.

«Kannst du das hier mit nach vorne nehmen? Ich denke, Günther wird es sofort sehen wollen. Ich hab es vor ein paar Minuten, so, wie es ist, unter den Klamotten des Obdachlosen hervorgezogen. Ihr fotografiert es bitte ab und gebt es gleich wieder zurück an die KT.»

«Was ist das?»

«Würde sagen, sieht aus wie ein Bekennerschreiben.»

«Scheint so, dass wir zusammenarbeiten.»

«Ich brauche niemanden», murmelte Neuhaus.

Die Frau, die ihm von hinten auf die Schulter getippt hatte, sah ihn durch dicke Brillengläser unverwandt an.

Sie mochte Ende zwanzig, Anfang dreißig sein; das schulterlange, dunkelblonde Haar umspielte ihre vollen Wangen. Ihr Mund stand ein wenig offen, und sie wirkte so unbedarft, dass Neuhaus ihr nichts entgegenzusetzen hatte. Er rettete sich in Schweigen.

«Ich bin Suna-Marie, aber alle nennen mich Grabowski. Günther meint, dass wir das ideale Paar sind.» Es war nicht zu unterscheiden, ob sie grinste oder lächelte. «Also, ich meine, für diesen Fall.»

«Jeder scheint hier irgendwie genannt zu werden», sagte Neuhaus. «Warum Grabowski?»

Sie zeigte auf ihre Brille. «Wegen dem blinden Maulwurf aus dem alten Bilderbuch.»

«Wie hast du es mit deiner Sehschwäche zur Polizei geschafft?»

«Es ist bei einem Einsatz passiert. Ich stand ungünstig

während einer Demonstration und hab die volle Ladung aus einem Wasserwerfer abbekommen. Es war ein Reizmittel drin.»

«Ist das nicht verboten?»

Grabowski hob die Schultern. «Soll ich dir was erzählen? Vor ein paar Jahren bekam hier auf der Admiralbrücke eine hochschwangere Frau ihre Wehen. Sie hatte es nicht mehr ins Krankenhaus geschafft. Eine junge Polizistin, die zufällig vorbeikam, half ihr, das Baby an Ort und Stelle zu entbinden. Die Geschichte hat es sogar in den Wikipedia-Artikel über die Brücke geschafft.»

«Und diese junge Polizistin warst du?»

Grabowski strahlte. «Was hältst du davon, wenn wir zu Fuß zur Baracke gehen?», fragte sie.

«Mein Wagen steht hier, ich würde gerne erst mal meine Sachen ins Hotel bringen.»

«Wo wohnst du?»

«Im Mercure an der Hermannstraße.»

«Das liegt auf dem Weg. Weißt du was? Dann fahre ich mit.»

Neuhaus wollte widersprechen, wusste aber keinen Grund.

Erst jetzt schaute er sich das Schreiben in der Klarsichtfolie an. Die obere Hälfte des DIN-A4-Blattes war mit arabischen Schriftzeichen bedeckt, dann folgte ein gedruckter Text auf Deutsch. Darunter handschriftlich und in Großbuchstaben: «KOMMANDO ANIS AMRI».

«Das hat einer der Leute von der Spurensicherung am Tatort gefunden.»

Er hielt seiner Kollegin das Papier hin. Grabowski kniff die Augen zusammen und überflog es.

«Heilige Scheiße», sagte sie. «Komm, lass uns fahren!»

Als Neuhaus sein Navi programmieren wollte, legte Grabowski ihre Hand auf seine. «Nicht nötig. Ich kenn mich hier aus. Toller Wagen übrigens.»

Er nickte. «Ein Freund hat ihn mir vermacht ... Aber jetzt mal zu Anis Amri: Voriges Jahr hat er einen polnischen Lastwagenfahrer erschossen und ist dann mit dem LKW in den Weihnachtsmarkt am Breitscheidplatz gerast. Wie viele Opfer waren das?»

«Elf Tote, 67 Verletzte. Vier Tage später ist Amri auf seiner Flucht in Mailand von zwei Polizisten kontrolliert worden. Er hat sofort das Feuer eröffnet, einen der Beamten an der Schulter verletzt und ist dann selbst erschossen worden.»

«Du meinst also, es ist nötig, dass ich mich näher mit der Sache befasse?» Neuhaus schaute kurz zu seiner Kollegin, die ihn ungläubig anstarrte.

«Nach dem Bekennerschreiben, das du mir gerade gezeigt hast, würde ich dir das dringend raten», sagte sie. «Ohne die zahllosen Pannen im Fall Amri würde es unsere Sondereinheit gar nicht geben. Man hat den Mann damals überwacht und trotzdem an der langen Leine laufen lassen. Günther Jeschke hat immer gewarnt und gesagt, dass Amri gefährlich ist. Er hatte den richtigen Riecher. Hätte man auf ihn gehört, hätte es all die Opfer nicht geben müssen.»

«Und deshalb wurde Jeschke mit der Gründung der SETA beauftragt?»

«So ist es. Wir sind 24 Leute, wäre besser, wir wären hundert. Aber alle sind, wie Günther gerne sagt, aus der Elite der Sicherheitsbehörden: Landeskriminalämter, Verfassungsschutz, BKA und Bundesnachrichtendienst. Nicht alle aus Berlin, aber viele.»

«Alle sauber?»

«Was meinst du?», fragte Grabowski.

Statt zu antworten, sagte er: «Du bist ebenfalls von hier?»

«Aber so was von! Die Eltern meines Vaters kommen aus der Türkei, meine Mutter war Kellnerin in Ostberlin und ist kurz vor der Wende in den Westen abgehauen, weil man sie nicht studieren lassen wollte. Ich bin in der Frauenklinik am Mariendorfer Weg geboren, genau wie die Zwillinge, meine jüngeren Brüder, und wie fast alle Neuköllner seit hundert Jahren. Aber aus der Klinik haben sie jetzt Luxuswohnungen gemacht. Oh Gott, jetzt habe ich dir mein ganzes Leben erzählt.»

«Nein, mach weiter.»

«Aufgewachsen an der Sonnenallee. Erst zu dritt, dann zu fünft in den drei Zimmern über dem Blumengeschäft, das meine Eltern damals eröffnet haben. Für Floristin war ich zu ungeschickt. Für Philosophin, die ich eigentlich hätte werden wollen, zu doof. Polizei fand ich ganz gut, und die mich auch. Mordkommission, LKA, dann SETA. Unverheiratet, kinderlos, ohne Schulden. Jetzt reicht es, und du weißt alles über mich. Die Nächste fährst du links, dann gleich wieder rechts ... Also, wenn du Fragen zu Amri hast, sprich mit Günther. Es gibt niemanden, der mehr über den Fall weiß. Die Geschichte hat ihn verändert.»

FÜNF

Sie hatten den Jaguar in der Tiefgarage abgestellt und standen auf der Straße. Neuhaus trug in der einen Hand seinen Koffer und in der anderen eine große Ledertasche.

«Komm, die kann ich nehmen», sagte Grabowski und deutete auf die Tasche.

Lächelnd gab er sie ihr. «Aber Vorsicht, die ist schwer.»

Seine Kollegin ging unter dem Gewicht fast in die Knie.

«Meine Güte, was ist da denn drin?»

«Meine Schallplatten. Kannst du mir sagen, wo ich einen Plattenspieler kaufen kann?»

«Es gibt in der Kienitzer Straße einen Laden, da kannst du mal fragen. Er wird noch nicht geöffnet haben. Aber wir können gleich auf dem Weg zur Baracke dort vorbeigehen.»

Inzwischen waren sie vor dem Eingang des Mercure angekommen.

«Wartest du hier kurz auf mich? Ich brauche nicht lange», sagte Neuhaus.

«Ach was, ich komm eben mit auf dein Zimmer. Ich mag Hotels.»

«Du, ehrlich gesagt, wollte ich mich kurz frisch machen ...»

Sie kicherte. «Egal, ich will ja nicht mit dir unter die Dusche.»

Neuhaus gab auf. Er erledigte die Formalitäten an der Rezeption, dann fuhren sie in die fünfte Etage.

«Aber hallo, das ist ja riesig! Hier hätte eine ganze Familie Platz.»

«Ich hab eine Zwei-Zimmer-Suite genommen, weil ich wohl die meiste Zeit von hier aus arbeiten werde.»

«Wie, von hier aus? Du hast wie wir alle einen Schreibtisch in der Baracke, direkt neben meinem. Sogar mit einem Blumenstrauß zur Begrüßung.»

«Grabowski, ich bin kein Teamplayer. Ich bin maulfaul und unfreundlich. Und ich arbeite am liebsten alleine. Aber danke für die Blumen.»

«Wie soll das gehen, wenn wir zusammen an dem Fall des toten ...?»

Er unterbrach sie. «Du kannst dich gerne auf das Sofa setzen.»

Er trug seinen Koffer nach nebenan, nahm sein Necessaire heraus und ging ins Bad. Zehn Minuten später kam er heraus, ein Badelaken um die Hüften gewickelt und mit einem Handtuch seine Haare trocknend. Er wollte sich gerade anziehen, als es klopfte. Im selben Moment stand Grabowski bereits im Türrahmen.

«Entschuldige, ich wollte nur fragen, ob ich mir das Schokolädchen von deinem Kopfkissen nehmen darf.»

Sie musterte ihn, die Augen hinter den Lupen ihrer Brillengläser zu flaschengrünen Murmeln vergrößert.

Als Neuhaus ihren Blick nicht mehr aushielt, schüttelte er kurz den Kopf und sagte: «Klar kannst du es nehmen ... Stimmt irgendwas nicht mit mir?»

«Ja ... nein», sagte sie. «Deine Haare sind ein klein wenig zu lang. Das wirkt ein bisschen altmodisch ... Aber du ...»

«Was?»

«Du bist irrwitzig schön.»

Sonst sagte sie nichts. Sie starrte ihn einfach weiter an, ohne ein Lächeln, ohne jedes Begehren, aber wieder mit leicht geöffnetem Mund, als sei sie erstaunt über ihre Entdeckung.

Neuhaus merkte, wie er innerlich zu zappeln begann. Er war ratlos. Noch nie hatte sich ihm eine Frau mit einem Kompliment so schutzlos geöffnet. Und zugleich hatte er sich nie zuvor so sehr als Objekt einer kühlen Betrachtung gefühlt.

«Ich weiß, was in dir vorgeht», sagte sie.

«Du weißt gar nichts.»

«Doch. So, wie ich dich angeschaut habe, werden wir Frauen von den Männern immer angeschaut.»

«Nicht immer und nicht von allen.»

Jetzt lächelte sie. «Kann sein», sagte sie nickend. Und nachdem sie länger überlegt hatte: «Bist du schwul?»

Er fand, dass sie das nichts anging, antwortete aber trotzdem: «Bin ich nicht.»

«Okay, dann lerne ich gerade was.»

«Mach das», sagte er.

Sie überquerten die Hermannstraße, neben Sonnenallee und Karl-Marx-Straße eine der Hauptadern Neuköllns, und liefen auf die Genezareth-Kirche zu. Sofort änderte sich der Rhythmus, sofort wurde es ruhig.

«Isst du Fleisch?», fragte Grabowski.

«Manchmal ja, manchmal nein.»

«Das Viertel heißt Schillerkiez. Bis vor ein paar Jahren war hier alles wie überall in Neukölln – die Häuser ziemlich runtergerockt, erschwinglich, laut, viele Kinder, viele Türken, viele Libanesen und Studenten. Dann hat der Flughafen seinen Betrieb eingestellt, der Lärm nahm ab, die Altbauten wurden saniert, die Mieten verdoppelt, und es kamen die jungen Hipster. Die Speisekarten sind jetzt auf Englisch, alles ist öko-bio-fair und scheißteuer. Und wenn du Fleisch bestellst, wirst du erschossen. Hier herrscht das Kalifat des Veganismus.»

«Aber die Leute sehen doch alle ganz zufrieden aus», sagte Neuhaus.

«Weil es ihnen gut geht. Glaub mir, sie beißen jeden weg, der nicht ihren Lebens- und Ernährungsgewohnheiten entspricht. Sie sind tolerant, solange es nach ihren Maßgaben läuft. Sie besuchen Yogakurse und engagieren sich in Flüchtlingsvereinen, zugleich sorgen sie dafür, dass die großen Migrantenfamilien das Viertel verlassen müssen. Arschlöcher.»

Neuhaus wechselte das Thema. «Was weißt du über das Opfer, über David Schuster?»

«So gut wie nichts», gab Grabowski zu. «Dass er Jude war, klar. Ziemlich umtriebig und offensichtlich nicht besonders beliebt. Das ist alles, was ich bisher aufgeschnappt habe.»

«Was hältst du davon, wenn du dich mit ihm befasst und ich mich mit dem Fall Anis Amri?»

Sie blieb stehen und sah ihn an. «Wir arbeiten also doch zusammen?»

Neuhaus hob die Brauen, ohne zu antworten.

An der Oderstraße erreichten sie das Tempelhofer Feld. Der Inhaber eines Eis- und Getränkewagens lächelte ihnen zu, von irgendwo kam leise Reggae-Musik. Es gab veganes Eis und Biolimonade.

Auf dem noch geschlossenen Verkaufsstand gegenüber sah man das gemalte Bild eines aufgeklappten Brotes, das mit Früchten gefüllt war. Darüber die Aufschrift: «Berlins erster Obst-Döner».

Das Tempelhofer Feld war Paradeplatz der Berliner Garnison gewesen, später ein riesiger Sportplatz, dann Start- und Landebahn des Flughafens. Jetzt war es mit einer Fläche von 355 Hektar der weltweit größte Freizeitpark innerhalb einer Großstadt, wo sich täglich Tausende Touristen, Jogger, Radfahrer, Musiker, Jongleure, Kleingärtner, Spaziergänger, Streuner, Hundehalter und grillende Familien tummelten. So groß wie fast 400 Fußballplätze.

«Da hinten, am anderen Ende», sagte Grabowski, «befindet sich der Platz der Luftbrücke. Dort ist das LKA zu Hause. Wir sind also außen vor und trotzdem nah dran. Nicht ganz unpraktisch.»

Am nordöstlichen Rand des Feldes lag das umzäunte Gebäude, das sie Baracke nannten – ein niedriger, langgestreckter Bau. Hier hatte der Wetterdienst der Flugsicherung seinen Sitz gehabt, vor einem halben Jahr war die Sondereinheit Terrorabwehr, kurz SETA, eingezogen. Zur Tarnung war an dem hohen Eingangstor ein Schild angebracht worden: «Nature Security Guards GmbH», was so klang, als handele es sich um die Niederlassung von Nashorn-Schützern in einem afrikanischen Tierpark. Die Fenster waren vergittert, rund um das Gebäude sah man Überwachungskameras.

Grabowski zog ihr Telefon hervor, dann tippte sie ein paar Zahlen in die kleine Box neben der Eingangstür.

«Der Code wechselt ständig», sagte sie. «Du bekommst ihn auf dein Handy geschickt.»

Neuhaus nickte und schaute in den Himmel, wo ein Turmfalke rüttelnd nach einem Opfer Ausschau hielt.

SECHS

Ihre Besprechung sollte in wenigen Minuten beginnen. Günther Jeschke blickte von seinem Bildschirm auf und zwinkerte den beiden Neuankömmlingen zu. Auf dem Schreibtisch stand ein großes, gerahmtes Foto seiner Frau und der beiden Töchter, alle drei lächelnd.

Der lange Hauptraum der Baracke sah aus wie ein gewöhnliches Großraumbüro; rechts und links des Mittelgangs reihten sich Schreibtische, manche schon besetzt, andere noch leer.

Neuhaus spürte die Blicke der Kollegen. Er erkannte Ansgar Schindler und Alizé Tesch, genannt Tante.

«Was ist da hinten?», fragte er und zeigte auf eine offene Tür, durch die man in einen beleuchteten Flur sah.

«Ein paar kleinere Zimmer mit Betten, zwei Duschen, zwei Toiletten und ein Aufenthaltsraum, wo du flippern, Darts und Billard spielen, Videos gucken oder dich sonst wie vergnügen kannst.»

Grabowski führte Neuhaus zu seinem Platz und wies mit dem Kopf auf den in der Nähe stehenden Kaffeeautomaten: «Setz dich. Ich hol mir einen Espresso, möchtest du auch einen?»

«Gerne», sagte er. «Doppelt und ohne Zucker.»

Tante hatte sich neben Grabowski aufgebaut und raunte ihr mit gesenkter Stimme etwas ins Ohr. Trotzdem konnte Neuhaus die Worte der großen Frau verstehen.

«Du siehst den Neuen an, als wolltest du ihm gleich auf den Schoß springen», sagte sie.

Ohne sich umzudrehen, drückte Grabowski auf die Wahltaste des Automaten und antwortete in sachlichem Ton: «Glaub mir, das hatte ich tatsächlich vor.»

Sie klopfte dreimal sachte mit dem Löffel auf den Rand ihrer Tasse und stellte sie dann bedächtig ab.

Plötzlich fuhr sie herum, packte ihre Kollegin an der Gurgel und sah ihr direkt in die Augen. «Hör zu, Tantchen, wir kennen uns nicht besonders gut. Ich weiß, dass ich manchmal gucke wie ein Kind unterm Weihnachtsbaum. Aber denk immer dran: Ich bin zwar pausbäckig und kurzsichtig, aber hellwach. Du bist ein Hungerhaken und ich ein bisschen zu dick. So ist das mit den Menschen, jeder ist anders. Und jeder fickt, wen er will. Können wir uns darauf einigen?»

Tante keuchte und deutete ein Nicken an.

«Dann merk's dir!»

Grabowski nahm die beiden Tassen, ging zurück zu Neuhaus' Schreibtisch und schaute in den Saal, wo alle Blicke auf sie gerichtet waren.

«Na ja», sagte sie, «manchmal ist es sehr entspannend, wenn man von Frau zu Frau etwas klären kann. War nett von den Herren, dass sie sich nicht eingemischt haben.»

Kurz darauf kam auch Tante an ihren Platz – das Gesicht bleich und die Lippen zusammengepresst.

«Alles okay?», fragte Günther.

Tante nickte. Sie lächelte bittersüß in die Runde.

«Gut. Ich führe noch ein Telefonat, dann fangen wir an.»

Manche hatten sich einen Stuhl mitgebracht, andere standen an ihre Schreibtische gelehnt, alle waren um den Leiter der SETA geschart.

«Wir haben einen Toten, was nichts heißen muss», sagte Günther. «Und wir haben ein Bekennerschreiben, was ebenfalls nichts heißen muss. Es kann sich um einen Anschlag handeln oder um eine schmuddelige Privatangelegenheit, die kaschiert werden soll. Von einem ‹Kommando Anis Amri› haben wir bisher nichts gehört. Das Schreiben wirkt auf den ersten Blick wie eine zusammengeklebte Kopie. Wir werden in Kürze eine Pressekonferenz abhalten und uns dort den Fragen stellen müssen. Den Journalisten werden wir Kenntnis geben von dem Brief, aber auch von unseren Zweifeln. Es soll keinesfalls heißen, wir hätten nicht transparent informiert. Gleichzeitig werden wir klarmachen, dass wir in alle Richtungen ermitteln. Wichtig ist: Wir dürfen uns durch diesen Wisch nicht ablenken lassen. Es gibt knapp einhundert Gefährder in der Hauptstadt, die jederzeit zuschlagen können. Die haben wir in Schach zu halten.»

«Was ist mit der Ballistik und der Obduktion im Fall David Schuster?», fragte Neuhaus.

Günther lächelte wie ein Sieger. «Wird heute erledigt. Die SETA hat Priorität. Es gibt keine Wartezeiten für uns. Wir schauen uns Schusters Wohnung an, seinen Computer, sein Handy, seine Kontakte. Und wenn sich herausstellt, dass die Sache kein Anschlag, sondern bloß ein schäbiger Mord war, dann sind wir ganz schnell wieder aus dem Spiel.» Er machte eine kurze Pause. «Ich nehme an, es ist dir unangenehm», er sah zu Neuhaus, «aber würdest du bitte trotzdem kurz herkommen? Für zwei Minuten hast du unsere gesammelte Aufmerksamkeit.»

Neuhaus kam der Bitte nach. Ihm gegenüber stand Ansgar Schindler, die Arme hinter dem Rücken verschränkt, die dunklen Augen unter den dichten Brauen direkt auf seinen neuen Kollegen gerichtet.

«Das BKA hat uns einen seiner besten Ermittler geschickt», sagte Günther in die Runde. «Neuhaus wird uns für einige Zeit verstärken. Er kommt aus Frankfurt, arbeitet für die Zentrale in Wiesbaden und ist ein Solist. Heißt, er ist niemandem untergeben, auch mir nicht, sondern nur dem BKA-Präsidenten. Er ist unser Spielbein. Nicht wir setzen ihn ein, sondern er selbst entscheidet, was er macht. Er ist unser Joker.»

Von allen Seiten blickten sie auf ihn: neugierig, spöttisch, wohlwollend, gleichgültig. Von allem etwas dabei, dachte Neuhaus.

«In Berlin muss man hart und schnell sein», sagte Schindler. «Hier sind die ganz bösen Buben unterwegs. Dagegen ist Wiesbaden ein Bällchenbad und selbst das Frankfurter Bahnhofsviertel ein Ponyhof. Hast du gehört, hart und schnell und fangbereit?» Er riss den rechten

Arm hoch und schleuderte Neuhaus das feuchte Handtuch entgegen, das er hinter dem Rücken gehalten hatte.

Neuhaus reagierte nicht. Er hob nicht einmal die Arme. Er ließ das Handtuch einfach vom Gesicht zu Boden gleiten. Es wirkte, als habe er noch immer nicht begriffen, was gerade geschehen war.

«Fangbereit, habe ich gesagt», sagte Schindler. «Kann es sein, dass diese Stadt zu schnell ist für unseren Superbullen? Und vielleicht auch zu groß?»

Aus einigen Ecken war unterdrücktes Kichern zu hören.

Grabowski öffnete die unterste ihrer Schreibtischschubladen, zog eine Akte hervor und übergab sie an Neuhaus. Er blätterte kurz darin, es waren fast 300 Seiten.

«Es ist ein Dossier über Amri», sagte sie. «Ich hab es mir im Frühjahr zusammengestellt, als ich in die SETA berufen wurde und mich selbst mit dem Fall vertraut machen musste. Geh vorsichtig damit um, es gibt keine Kopie, nicht mal auf meinem Rechner.»

«Danke», sagte er und verließ die Baracke.

Auf der Pressekonferenz im LKA hatte man Grabowski und Neuhaus zu Statisten gemacht. Sie saßen rechts und links von Günther Jeschke, schauten in die Gesichter der Journalisten und in die Objektive der Kameras. Grabowski wurde vorgestellt als Berlinerin mit türkischen Wurzeln; Neuhaus war ein Spitzenermittler aus dem Bundeskriminalamt, der einen Teil seiner Ausbildung in Jerusalem absolviert hatte. Das alles sollte bedeuten, der Fall

David Schuster war bei ihnen in guten Händen. Jeschke erging sich in einem Referat über die Arbeit der SETA, es wurden Kopien des Bekennerschreibens verteilt. Aber natürlich, man prüfe alle denkbaren Motive.

Irgendwann, nachdem alle ihre Fotos gemacht hatten, verschwand Neuhaus wortlos, nahm sich am Platz der Luftbrücke ein Taxi und fuhr zurück in den Schillerkiez.

In der Kienitzer Straße kaufte er für 250 Euro einen restaurierten Dual-Plattenspieler und eine LP von Cesária Évora. Zurück im Hotel, nahm er den winzigen Verstärker und die kleinen Lautsprecher aus seinem Koffer und steckte alles zusammen. Aus seiner Ledertasche zog er Beethovens «Pastorale» hervor. Die Aufnahme unter dem Dirigat von Carlos Kleiber hatte als verschollen gegolten, schließlich war sie in einem Kassettenrekorder des Dirigenten wiederentdeckt und nach dessen Tod veröffentlicht worden. Schon nach den ersten Takten bekam er gute Laune. Cesária Évora musste warten.

Auf dem Boden breitete er einen Stadtplan von Berlin aus. Gleichzeitig las er in Grabowskis Dossier. Er lag auf dem Teppich und fügte mit einem Filzstift überall, wo sich Amri aufgehalten hatte, fette Kreuze in den Plan. Er kreuzte Wohnadressen an, Moscheen, Restaurants, Imbisse und Shisha-Bars. Die Spur erstreckte sich über Treptow, Moabit, Wedding, Charlottenburg, Kreuzberg und Neukölln.

Neuhaus glaubte an Orte. Er musste sehen, wo etwas geschehen war. Die Menschen, die man fragte, konnten lügen, oder sie erinnerten sich falsch. Ein Haus, eine

Straße, ein Platz aber logen nicht. Sie erzählten Geschichten.

Stunden später stand er in der Dunkelheit am Fenster und sah in ein erleuchtetes Zimmer im Haus gegenüber. Die Frau trug einen Bademantel, saß vor dem Spiegel, bürstete ihr Haar und fuhr sich gleich darauf mit beiden Händen hindurch, um es neu zu richten. Sie wirkte nervös. Dann stand sie auf, hielt ein Telefon am Ohr, beschrieb mit der Hand einen Kreis und lächelte. Ihr Bademantel öffnete sich; sie schloss ihn mit der freien Hand. Und nickte. Wenig später erschien ein junger Mann im Anzug. Sie umarmten und küssten sich. Neuhaus wandte sich ab.

SIEBEN

Im großen Saal des Mercure roch es nach Kaffee, nach Eiern mit Speck, nach Heringssalat, frischen Croissants und Pains au Chocolat. Die Chinesen, die ihn umgaben, hatten sich Kuchen und Würstchen zugleich auf ihre Teller gehäuft, stippten Mohnstriezel in den Kräuterquark und bestrichen den Räucherlachs mit Marmelade. Wer weiß, was ich in einem Hotel in Peking oder Shanghai machen würde, dachte Neuhaus.

Er suchte sich einen Platz, nannte seine Zimmernummer, ging zurück zum Eingang und holte sich die Zeitungen. Alle brachten groß den Mord an David Schuster. Das Bekennerschreiben wurde abgebildet, und für die Journalisten stand bereits fest: «Islamistischer Anschlag in Berlin. Jüdischer Aktivist kaltblütig hingerichtet.» Auf den Regionalseiten berichtete man außerdem über den Spitzenkandidaten der «Aufrechten», «Nikolas Junker (80 J.), der sich in der Vergangenheit nicht immer freundlich über dunkelhäutige Menschen geäußert hat, hier in einer ungewöhnlichen Rolle: Auf unserem Foto frühstückt er in seinem Salon auf Schwanenwerder mit einem afghanischen Flüchtling, der im Garten des Politikers übernachtet hat.»

Der Ansturm der Chinesen hatte nachgelassen. Neuhaus faltete die Zeitungen zusammen und ging ans Buffet. Er begnügte sich mit einer reichhaltigen Portion Obstsalat, wählte eine große Tasse und drückte mehrfach auf den Knopf des Espressoautomaten. Er schloss kurz die Augen, als hinter ihm jemand vernehmlich rülpste.

Um elf Uhr saß er nahezu alleine in dem großen Saal, es wurde bereits für das Mittagessen eingedeckt.

«Mist! Habe verschlafen. Melde mich auf deinem Zimmer», schrieb ihm Grabowski.

«Nein, komm ins Foyer. Ich warte auf dich.»

Das Amri-Dossier und den Stadtplan neben sich auf dem kleinen Rauchtisch, saß Neuhaus in einem der viel zu tiefen, viel zu weichen Sessel und versuchte, seinen Plan für den Tag zu machen.

Alle paar Minuten kam einer der Hotelangestellten vorbei, um ihn nach seinem Wohlergehen zu fragen. Haben Sie Wünsche? Ist alles recht? Können wir etwas für Sie tun? Sollen wir Ihnen ein Getränk bringen?

Bis er schließlich sagte: «Nein, lassen Sie mich bitte einfach in Ruhe.»

Als Grabowski kurze Zeit später in der Hotelhalle auftauchte, nickten sie sich müde zu.

«Meinst du, man würde mir noch ein Frühstück bringen?», sagte sie.

«Ehrlich, ich trau mich nicht zu fragen. Ich hab gerade alle brüskiert, die mir was Gutes tun wollten.»

«Egal, ich darf sowieso erst abends was essen ... Wie du

mit der Handtuchattacke von Schindler umgegangen bist, hat die Kollegen übrigens schwer beeindruckt.»

«Hat es?»

«Sie haben zwar gekichert. Aber alle haben verstanden, dass es nicht dein mangelndes Reaktionsvermögen war. Du warst einfach supercool, weil du nicht mal gezuckt hast.»

«Na dann, wenn man das glaubt.»

Grabowski wies auf das Dossier. «Hast du damit was anfangen können?»

«Und wie. Ich hab es in der Nacht noch durchgelesen. Was ist mit diesem Philippe Boudia, der ständig im Schlepptau von Amri durch die Stadt gezogen ist?»

«Hab ich mir gedacht, dass du bei dem nachhakst. Sein Vater ist Franzose mit algerischen Wurzeln, die Mutter Deutsche. Beide sind Ärzte. Philippe Boudia ist in Berlin geboren; die Eltern haben sich bald wieder getrennt. Der Junge hat mal bei ihm, mal bei ihr gelebt. Amri hat sich mit ihm rumgetrieben, weil Boudia eine eigene Wohnung hatte und immer flüssig war. Er hat sich von Papa und Mama aushalten lassen. Wir hatten ihn eine Weile auf dem Schirm, aber den kannst du vergessen. Günther hat ihn auf Herz und Nieren geprüft. Alle, die mit ihm zu tun hatten, sagen: Der Typ ist eine Lusche. Zu blöd, sich die Schuhe zu binden.»

«Gut. Und wie ist es bei dir gelaufen? David Schuster war Jude und schwul und hat aus beidem kein Geheimnis gemacht.»

«Kann man so sagen, er war ein Lautsprecher.»

«Ein antisemitisches Motiv ist also nicht unwahrscheinlich. Ein homophobes aber auch nicht.»

«Ja, es könnte ein Islamist oder ein Nazi gewesen sein. Oder irgendein stumpfer Schwulenhasser. Andererseits ...»

Grabowski breitete eine Reihe Fotos auf dem Rauchtisch aus. Man sah Schuster vor einer Moschee im Sonnenschein mit muslimischen Gläubigen, dann auf einem Podium in der Universität, nachts vor einem Club mit anderen jungen Männern und schließlich verkleidet und geschminkt auf dem Christopher Street Day. Er war schmal, eher klein und trug eine randlose Brille. Immer schien er mit seinen Blicken das Objektiv der Kamera zu suchen.

«Andererseits ... was?»

«Schuster hat sich mit allen angelegt.»

«Das heißt auch innerhalb der jüdischen Community?»

«Da besonders. Er hat Israel als Apartheid-Staat bezeichnet und den Zentralrat der Juden als rassistisch. Und er hat behauptet, dass Berlin ein Paradies für junge Israelis ist und dass es in Neukölln keinen muslimischen Antisemitismus gibt. Also, weißt du ...»

«Das hältst du für falsch?»

«Ich weiß es besser, ich bin hier unter Muslimen aufgewachsen. Kennst du den Fall Ilan Halimi?»

Neuhaus verneinte.

«Es ist eins der widerlichsten Verbrechen, die nach dem Krieg in Europa begangen wurden. Wirst du mir fünf Minuten zuhören?»

«Wenn du mich nicht langweilst.»

«Ilan Halimi war 23 Jahre alt, ein hübscher französischer Jude, dessen Eltern aus Marokko stammten. Er arbeitete als Handyverkäufer in einem kleinen Geschäft auf dem Boulevard Voltaire in Paris. Im Januar 2006 kam eine junge Frau in den Laden, Yalda. Sie schien mehr an einem Rendezvous als an einem Telefon interessiert zu sein. Eine Woche später trafen sich die beiden. Ilan wurde von mehreren Männern überwältigt; er war in eine Falle getappt. Man schaffte ihn in eine Hochhaussiedlung südlich von Paris, wo er zunächst in einer leerstehenden Wohnung, dann im Keller gefangen gehalten wurde. Er musste sich ausziehen und nackt auf den kalten Boden legen. Sie fesselten ihn mit Kabelbindern und Handschellen. Augen und Mund wurden mit breitem Gewebeband verklebt. Mehr als zwanzig junge Männer und Frauen, manche noch minderjährig, wechselten sich ab bei der Bewachung ihres Opfers. Ilan wurde bespuckt, geschlagen und getreten. Man drückte Zigaretten auf seiner Haut aus, man schnitt ihm mit einem Teppichmesser in die Wange und den Hals. Jeder seiner Bewacher durfte den eigenen Sadismus an ihm ausleben. Zu essen und zu trinken bekam er nur, wenn zufällig jemand daran gedacht hatte, etwas mitzubringen. Ilans Eltern wurden mit Anrufen terrorisiert, manchmal klingelte das Telefon fünfzig Mal pro Tag. Die Entführer wollten 400000 Euro erpressen, ließen aber jede Geldübergabe scheitern. Und? Langweile ich dich?»

«Nein, keineswegs», erwiderte Neuhaus. «Ich verstehe nur nicht …»

«Warte», fuhr Grabowski fort. «Drei Wochen später hat man Ilan Halimi gefunden. An einer Bahnstrecke, die in den Süden führt. Es war Mitte Februar und kalt. Wieder war er nackt. Sie hatten ihn mit Handschellen an ein Gitter neben den Gleisen gefesselt. Seine Haut war zu achtzig Prozent verbrannt, dort, wo sie intakt war, fanden sich überall Hämatome, aber er atmete noch. Kaum im Krankenhaus angekommen, ist er gestorben. Der obduzierende Arzt konnte keine finale Todesursache feststellen. Halimi ist einfach drei Wochen lang zu Tode gequält worden. Es dauerte eine Weile, bis man die Täter nach und nach fand. Aber die Jugendlichen, die zufällig alle in derselben Siedlung aufgewachsen waren, zeigten keinerlei Unrechtsbewusstsein. Wieso, ist doch nur ein Jude, haben sie gesagt. Er ist Jude, also muss seine Familie Geld haben, das wir uns holen können. 25 Leute wurden verurteilt, aber es muss noch viel mehr Mitwisser gegeben haben. Eltern, Nachbarn, Hausmeister. Niemand hat geredet, niemand hat geholfen. *Ist doch nur ein Jude …*»

«Trotzdem verstehe ich nicht, was das mit David Schuster zu tun hat.»

«Wenn Schuster sagt, dass es in Neukölln keinen muslimischen Antisemitismus gibt, dann spinnt er. Die Entführer von Paris stammten fast alle aus armen muslimischen Familien. Und ihre Siedlung könnte genauso gut in Neukölln stehen.»

«Weiter!»

«David Schuster hat sich als orthodoxen Juden bezeichnet und in jedem Interview betont, dass er schwul ist. Er war ein Schlaumeier, ein Großmaul und ein Querulant. Der Typ war nicht mal dreißig und hat getan, als könnte er allein die Welt retten. Er hat quasi jeden gegen sich aufgebracht, der mit ihm zu tun hatte.»

«Wir wissen nichts. Es kann sich um ein politisches oder um ein religiöses Motiv gehandelt haben ...»

«Genauso gut kann er mit einem Stricher verabredet gewesen sein, der ihn ausnehmen wollte.»

«Was vermutest du?», fragte Neuhaus.

«Ich vermute gar nichts.»

Aus jedem der Aufzüge trat nach und nach eine Gruppe der Chinesen, die sich nun im Foyer versammelten und laut miteinander sprachen.

Grabowski zog ihr Smartphone hervor und schaute auf das Display. «Eine Nachricht aus der Kriminaltechnik. Ich geh kurz raus zum Telefonieren.» Sie schrie die Worte fast.

Es dauerte zehn Minuten, bis sie zurückkam. Sie lächelte.

«Match!», sagte sie. «Man hat das Projektil einer 9 mm Parabellum aus Schusters Kopf geholt. Die Waffe, mit der gefeuert wurde, ist eine polnische Radom-Pistole. Sie wurde vor neunzehn Jahren schon mal benutzt. Damals hat ein Mann eine Postfiliale in Zehlendorf überfallen und Geiseln genommen. Er hat einen Warnschuss auf die Rückenlehne eines leeren Schreibtischstuhls abgegeben. In kürzester Zeit war ein Großaufgebot vor Ort. Der Täter hat noch versucht, durch ein Nebengebäude zu fliehen, ist über eine Gartenmauer geklettert, aber nach wenigen Metern gestellt worden. Alles ziemlich dilettantisch. Allerdings hat er die Waffe auf seiner kurzen Flucht verschwinden lassen. Sie wurde niemals gefunden. Der Mann heißt Anton Babenko und stammt aus Riga. Ein Lette mit russischen Vorfahren. Und weißt du, welchen Spitznamen ihm später seine Mitgefangenen gegeben haben?»

«Wie soll ich das wissen?»

«Man nannte ihn Riga-Toni.»

«Ja, witzig», sagte Neuhaus.

«Warum lachst du dann nicht? Hast du Sodbrennen?», fragte Grabowski.

Er wandte sich ab, weil er nun doch lächeln musste.

«Kann es sein, dass es schwer für dich ist, ein Gefühl zu zeigen? Und sei es ein so harmloses wie Belustigung?»

Neuhaus schloss die Augen und schüttelte den Kopf. «Wühl nicht in meinen Innereien», erwiderte er. «Das haben schon andere versucht.»

Sie hakte nicht nach, schien sich aber zu fragen, welche anderen er meinte. Andere Kollegen? Freunde? Ärzte? Frauen?

«Und das alles hast du gerade herausgefunden?», sagte er.

«Die Kollegin in der KT ist eine Freundin von mir. Sie hat eine Nachtschicht für uns eingelegt.»

«Weiß man, wo Babenko sich aufhält?»

«Die letzte Adresse, die sie finden konnte, ist eine Pension in Charlottenburg.»

«Fahren wir hin?»

Das Haar des Mannes hinter der Rezeption glänzte vor Fett und war nach hinten gekämmt. Die Koteletten wuchsen ihm fast bis zum Kinn; die Wolle seiner Strickjacke war verfilzt und die Hose zu kurz.

«Sind Sie Herr Krombach?», fragte Neuhaus.

«Wer soll ich sonst sein?»

Neuhaus schwieg. Der Geruch von Bohnerwachs lag in der Luft und künstlicher Veilchenduft. An der Wand hingen gerahmte Blumenbilder aus einem Apothekenkalender.

«Was wollen Sie von mir? Wollen Sie meine Arbeitsverträge sehen? Die kann ich Ihnen zeigen. Oder sind Sie wegen Babenko hier? Der wohnt nicht mehr hier. Man hört Gerüchte. Vielleicht ist er tot.»

«Wer hört was und von wem?», fragte Grabowski scharf.

Durch die offene Tür zum Nebenraum sah man einen schlafenden Bullterrier auf dem Boden liegen. Als er jetzt die fremden Stimmen hörte, blinzelte er kurz, und seine Krallen kratzten übers Laminat.

Neuhaus wies mit dem Kopf auf das Tier: «Beißt der?»

«Nein, der schluckt im Ganzen.»

Grabowski beharrte: «Also?»

«Fragen Sie doch Ihre Kollegen! Sein Zimmer wurde durchsucht und versiegelt, obwohl ich gesagt habe, dass das nicht geht. Ich will es wiedervermieten. Wahrscheinlich hat das niemanden interessiert.»

«Was wissen Sie über Babenko?»

Im fleischigen Gesicht des Mannes zeigte sich Verachtung. Seine Äuglein blitzten. «Ein kleiner Gauner, der gerne ein großer wäre. Aber dafür ist er zu höflich. Zuletzt hat er Witwen bezirzt und gefälschte Versicherungspolicen verkauft. Jedenfalls, was man so hört. Er kam immer zu mir, wenn man ihn woanders rausgeworfen hatte.»

«Was ist mit Waffen?»

In dem zerschlissenen Teppich, auf dem sie standen, sah Neuhaus einen Silberfisch flitzen.

Der Mann grinste. «Nicht bei mir. Der Einzige, der in diesem Haus eine hat, bin ich. Und die auf Schein. Wollen Sie ihn sehen? Ich schaue mir die Zimmer an, wenn die Gäste aus dem Haus sind. Sonst noch was?»

Grabowski und Neuhaus wechselten einen Blick.

«Wir würden uns dann melden ...»

«Da bin ich sicher. Falls Sie ein spätes Frühstück möchten ... es gibt noch Mortadella, Haferschleim und Krabbencocktail. Wir sind nicht ausgebucht. Ich mache Ihnen einen Sonderpreis.»

Die beiden reagierten nicht.

«Ach ja, und Sie können mal bei Weinert fragen. Dort hat er immer gerne gesessen, wenn er gerade mal Geld hatte.»

«Bei dem Wort Mortadella war mein Hunger schlagartig verschwunden», sagte Grabowski, als sie wieder auf der Straße waren. «Ich hab mir die vertrockneten Ränder einer fahlen Scheibe Aufschnitt vorgestellt. Immerhin hast du jetzt einen Eindruck von Alt-Berlin: unverschämt, großmäulig und unterwürfig zugleich.»

Tatsächlich fanden sie Anton Babenko zwei Straßen

weiter in dem kleinen Café der Konditorei Weinert. Er saß in einem der roten Kunstledersessel, allein an seinem Tisch, eine Tasse Kaffee und ein großes Stück Mohnkuchen vor sich. Unter dem anthrazitfarbenen Anzug leuchtete ein weißes Hemd; die Schuhe waren frisch poliert. Er schaute ihnen freundlich entgegen und so, als wisse er Bescheid.

«Nein», sagte er. «Ich bin nicht tot, und niemand hat mich verhaftet. Es geht mir nicht gut, aber ich habe eine Dame wiedergetroffen, die mir aushilft.»

«Lassen Sie mich raten: Sie lässt Sie bei sich wohnen und gibt Ihnen ein kleines Taschengeld», sagte Grabowski.

«Ja, aus alter Verbundenheit.»

«Sie machen es so mit ihr, wie Sie es mit allen Frauen gemacht haben, seit Ihnen klar wurde, dass Sie als Räuber nicht taugen.»

Grabowski und Neuhaus hatten auf den zwei freien Sesseln am Tisch Platz genommen.

«Als die Frauen damals in der Zeitung über mich lasen, bekam ich viele Briefe und Fotos ins Gefängnis. Sie wollten sich mit mir treffen. Was ist dabei? Manche waren charmant, manche waren ordinär. Ich konnte es mir aussuchen, als ich entlassen wurde.»

«Aber diese Damen sind mit Ihnen älter geworden, und mittlerweile gibt es nicht mehr viele, die sich an Ihre große Zeit erinnern.»

Neuhaus erschrak, als um seine Beine eine weiße Katze strich, die er vorher nicht bemerkt hatte.

«So ist es. Deswegen geht es mir schlechter. Wir alle sterben einsam und elend. Einige Zeit können wir versuchen, es hinauszuschieben, aber diese Zeit läuft bei mir nun ab.»

«Sie sind noch nicht tot, aber Sie rechnen damit, bald zu sterben.»

«Ich rechne nicht damit, ich weiß es», sagte er.

Von außen wurde an die Scheibe geklopft. Es waren zwei Jungen mit Schulranzen, die Grimassen schnitten. Freundlich drohte Babenko den beiden mit dem Zeigefinger. Sie liefen lachend davon.

«Gibt es etwas, das Sie bereuen?»

«Vieles», antwortete Babenko. «Aber vor allem den Überfall damals. Obwohl man mich den ‹höflichen Räuber› nannte, habe ich mit meiner Pistole unter den Angestellten der Postfiliale große Angst verbreitet. Ich habe geschossen, ohne zu treffen, weil ich niemanden treffen wollte. Aber manche hat dieser Schrecken krank gemacht.»

«Sie haben damals mit einer Radom geschossen», sagte Grabowski. «Von dieser Pistole sind nach dem Krieg nicht mehr viele gebaut worden. Wo hatten Sie die Waffe her?»

«Das ist eine verrückte Geschichte: Ich war Handelsvertreter für Molkereiprodukte und einige Jahre sehr erfolgreich. Oft musste ich zwischen Riga und Berlin mit dem Zug hin- und herfahren. Eines Nachts saß neben mir im Speisewagen ein Paar, das sich leise stritt. Ich hörte, wie der Mann mehrfach sagte: ‹Dann bring ich dich um!› Neben ihm auf dem Boden stand eine halboffene Aktentasche, ich konnte den Griff einer Pistole sehen. Als es für einen Moment dunkel wurde, habe ich mir die Pistole geschnappt. Ich dachte, einen Mann, der seine Frau mit dem Tod bedroht, sollte man besser entwaffnen.»

Eine magere junge Frau trug ein Tablett an ihnen vorbei, beladen mit benutzten Tellern, Tassen und Bestecken. Kurz darauf hörte man das laute Klirren von zerberstendem Geschirr. Jemand schimpfte. Weinend eilte die Frau an ihnen vorbei und stürzte ins Freie.

«Kurz vor dem Überfall waren Sie wahrscheinlich nicht mehr ganz so erfolgreich ...»

«Nein. Durch verschiedene Umstände war ich in Not geraten.»

«Obwohl Sie in der Nähe des Tatorts festgenommen wurden, ist die Pistole nie gefunden worden.»

«Sowohl bei meiner Vernehmung als auch im Prozess habe ich gesagt, dass entweder nicht gründlich gesucht wurde oder einer der Polizisten die Radom an sich genommen haben muss. Es gibt keine andere Möglichkeit.»

Grabowski und Neuhaus warfen sich einen Blick zu.

«Hatten Sie niemals ein schlechtes Gewissen den Frauen gegenüber, denen Sie Hoffnung gemacht haben?», fragte Grabowski.

Für einen Moment verließ Anton Babenko sein höflicher Ton: «Jetzt sprechen Sie über etwas, wovon Sie nichts wissen können. Unter den vierzig bis fünfzig Frauen, um die es hier geht, war eine einzige, bei der ich dachte, dass ich sie wirklich verletzt habe. Ich bin Jahre später zu ihr gegangen und habe mich entschuldigt. Sie hat gelacht und gesagt, dass sie sich nicht mal an mich erinnert.»

ACHT

«Ich glaube, ich habe noch nie einen so seltsamen Menschen getroffen», sagte Grabowski.

«Fünfzig Frauen ... Dabei wirkt er wie ein Hagestolz.»

«Dieses Wort kennst du?» Ihre Augen blitzten auf. «Meine Mutter benutzt es manchmal.»

«Ich mag alte Wörter», sagte Neuhaus. «Wie fandest du Babenko?»

«Eigentlich ein guter Typ, oder? Er ist doch ein durch und durch freundlicher Mensch. Trotzdem ... wir haben stundenlang ermittelt und sind keinen Schritt weiter. Ich werde mir jetzt die Wohnung von David Schuster anschauen. Was macht der Solist?»

«Würdest du mich mitnehmen?»

Grabowski war stehen geblieben, sie hatte die Augenbrauen zusammengezogen und sah ihren Kollegen aufmerksam an.

«Ich muss Schusters Umgebung kennen», erklärte Neuhaus, «ich muss solche Orte auf mich wirken lassen. Sonst bekomme ich kein Gefühl für diesen Menschen.»

«Du bist wirklich ...» Sie ließ den Satz unvollendet.

«Was?»

«Nee, ich will's nicht sagen.»

Am Savignyplatz stiegen sie in die S-Bahn. Neuhaus lehnte die Stirn an die kalte Scheibe und schaute auf die vorbeiziehende Stadt. Er versuchte, sich bestimmte Gebäude einzuprägen und die Namen der Stationen.

«Hier müssen wir in die U-Bahn», sagte Grabowski, als sie an der Jannowitzbrücke angekommen waren.

«Wie lange würde es dauern, wenn wir zu Fuß gehen?»

«Vielleicht zwanzig Minuten.»

«Wäre das okay für dich?»

«Mehr als okay. Wir kommen übrigens gerade am KitKatClub vorbei. Du hast davon gehört?»

«Nein!»

«Ein Techno-Club, wo es ziemlich freizügig zugeht. Manche tanzen in Fetischkostümen oder nackt. Man darf sich selbst befriedigen oder Sex mit anderen haben. Man kann sich auspeitschen lassen. Am Rand der Tanzfläche oder an der Theke ...»

«Du magst so was?», unterbrach er sie.

Grabowski kicherte kurz. «Nein, ich finde es interessant. Sonst nichts. Soll ich weiter die Stadtführerin spielen, während wir gehen?»

Neuhaus schüttelte den Kopf. «Ich möchte nur schauen.»

Sie liefen durch die Grünanlage am Wassertorplatz. Auf einer Bank saß eine stämmige Frau in einem Tweed-Kostüm, sie hielt einen Hund an der Leine.

Grabowski wies auf ein fünfstöckiges Mietshaus. «Wir sind da. Dort hat Schuster gewohnt.»

Sie überquerten die Fahrbahn; auf dem Gehsteig stand ein Wagen der Spurensicherung.

Neuhaus drehte sich noch einmal um. Die Frau auf der Bank schaute direkt zu ihnen hinüber.

An der Wohnungstür wurden sie von demselben Beamten empfangen, mit dem Neuhaus auf der Admiralbrücke gesprochen hatte. Auf seinem Schutzanzug stand der Name «Janos Prohaska». Das Apartment war bis in den Flur vollgestopft mit Büchern, Akten und Zeitschriften.

Prohaska kam ihnen zuvor: «Uns wurde gesagt, wir sollen nicht allzu viel verändern.» Er zeigte auf die Bücher- und Aktenregale. «Aber wenn wir das alles hier vor Ort untersuchen müssen, werden wir noch Tage brauchen, um uns einen Überblick zu verschaffen!»

Grabowski lachte. «Schon okay. Sobald wir hier wieder raus sind, dürft ihr den Laden ausräumen.»

«Im Moment konzentrieren wir uns auf den Computer, die Telefonkontakte und auf sein Konto», sagte Prohaska.

«Und?»

«Geldmäßig hat sich nicht viel getan. Ein paar Honorare für Artikel und Vorträge, nichts zum Reichwerden. Aber er war ein kleines Ferkel. Er war in zahlreichen Dating-Portalen unterwegs, hat eindeutige Fotos von sich verschickt und ebensolche von anderen erhalten. Ihr werdet einiges zu tun haben, allein die Leute zu überprüfen, mit denen er in den letzten zwei Wochen Kontakt hatte. Wir haben natürlich auch auf Pädophilie geprüft …»

«Wie», sagte Neuhaus, «weil er schwul ist, denkt ihr gleich, dass er was mit Kindern hatte?»

«Wir haben einfach alles gecheckt, das ist unsere Aufgabe. Aber da war nichts. Nur der ganz normale Irrsinn, der in dieser Stadt zwischen fast allen abzugehen scheint, ob schwul oder hetero.»

«Scheint so, als wäret ihr auf dem Laufenden.»

Prohaska nickte: «Sind wir. Und wir wären es manchmal gerne ein bisschen weniger. Es ist nicht sehr angenehm, alles über alle zu wissen. Irgendwann traut man sich selbst nicht mehr über den Weg...»

Grabowski fiel ihm ins Wort: «Würde es euch etwas ausmachen, für eine halbe Stunde die Wohnung zu verlassen? Mein Kollege und ich wollen den Ort auf uns wirken lassen. Wir müssen ein Gefühl für das Opfer bekommen.»

Neuhaus hoffte, dass Grabowski sein Grinsen nicht bemerkte.

«Ihr wollt *was*?», fragte Prohaska.

«Könnt ihr nicht einfach eine Pause einlegen und euch um die Ecke einen Döner oder eine Currywurst holen? Von mir aus auch einen Falafel-Teller mit Hummus.»

«Wir sind eingeladen?»

Grabowski zog zwanzig Euro aus ihrem Portemonnaie und gab sie Prohaska.

«Können wir uns frei bewegen?», fragte sie.

«Zieht Handschuhe an und macht, was ihr wollt. Hauptsache, danach gehört die Bude uns.»

Sie gingen getrennt voneinander durch die beiden Zimmer, setzten sich an den Küchentisch, den Schreibtisch, ließen sich aufs Sofa fallen, schalteten den Fernseher ein und wieder aus, zogen den Rollladen hoch und ließen ihn wieder herunter, öffneten die Kleider- und die Küchenschränke, schauten sich die Bilder an den Wänden an und die Buchrücken in den Regalen. Im Flur trafen sie sich wieder.

«An welches Wort denkst du, wenn du durch diese Wohnung gehst?», fragte Grabowski.

Neuhaus antwortete, ohne zu überlegen. «Ikea.»

Grabowski lächelte. «Alles hier wirkt zugleich clean und schmuddelig, aufgeräumt und chaotisch. Es soll Individualität ausstrahlen und ist komplett von der Stange. Schuster war zu Hause ein Spießer, der nach außen alles darangesetzt hat, nicht so zu wirken.»

Fast jeder Mensch hatte einen Ort, wo er seine intimsten Dinge verwahrte. Mal war es ein Kellerraum, mal ein kleiner Tresor, der als Schatzkiste diente, mal eine verschlossene Schublade oder nur ein Versteck unter der Matratze. Bei David Schuster war es eine Aktentasche, die hinter dem Sofa verborgen stand und die Neuhaus mit einem Handgriff hervorzog. Er hatte im Lauf der Jahre die Schatzkisten vieler Menschen entdeckt, solche von Tätern und solche von Opfern. Und sie unterschieden sich in den meisten Fällen kaum.

Die Aktentasche enthielt zärtliche Briefe von Schusters Mutter an ihren zwölfjährigen Sohn, der sich zur Kur an der Nordsee aufhielt. Es gab zahlreiche Fotos seiner späteren Liebhaber. Und ein Tagebuch seiner sexuellen Abenteuer und Phantasien, das aber kurz vor seinem Tod endete. Sie fanden nichts, was ihnen auf Anhieb weiterhalf.

«Was machen wir jetzt?», fragte Neuhaus.

«Wir trennen uns. Du machst deine Amri-Tour. Ich kümmere mich weiter um das hier.»

Neuhaus zeigte ihr ein schmales Lächeln.

Er trat auf die Straße. Die Frau im Tweed-Kostüm saß noch immer auf der Bank. Der kleine Hund lag auf ihrem Schoß. Beide schauten Neuhaus an.

NEUN

«Anis Amri war kein bisschen religiös.» – Das würden später viele sagen, die ihn aus Tunesien kannten, seine Schwestern, seine Brüder, die Freunde. Er hat Alkohol getrunken, Popmusik gehört und sich mit Mädchen getroffen.

Neun Geschwister sind sie insgesamt. Die Mutter putzt und kocht für wohlhabende Familien und Geschäftsleute, der Vater verkauft nach einem schweren Unfall Obst und Gemüse mit seinem Eselskarren. Anis bricht die Schule ab, nimmt Drogen, verkauft sie, stiehlt, raubt einen Lastwagen und muss fliehen. In Abwesenheit verurteilt ihn ein tunesisches Gericht zu fünf Jahren Haft.

Am 5. April 2011 landet er auf Lampedusa. Er fälscht sein Geburtsdatum und stellt einen Antrag auf Asyl. Ein Heim der katholischen Kirche nimmt ihn als minderjährigen Flüchtling auf. Als ihm irgendetwas dort nicht passt, legt er kurzerhand Feuer in dem Gebäude und muss nun wirklich ins Gefängnis. Er randaliert auch dort, greift seine Wärter an und droht einem christlichen Mithäftling, ihm den Kopf abzuschlagen. 2015 hat er seine Strafe verbüßt, wird auf freien Fuß gesetzt und muss Italien verlassen. Die Sicherheitsdienste wissen, dass Anis Amri sich inzwischen als Heiliger Krieger des Islam versteht, und sie teilen es ihren europäischen Kollegen mit.

Für kurze Zeit taucht Amri in der Schweiz unter, bevor er in Deutschland unter falschem Namen um Asyl bittet. Von Freiburg schickt man ihn nach Karlsruhe. Er will lieber in Berlin leben, wird aber von den Behörden nach Dortmund verwiesen, schließlich nach Emmerich im Landkreis Kleve. Überall stellt er neue Anträge, und jedes Mal benutzt er eine andere Identität.

Egal, wo er sich aufhält, sofort sucht und findet er Kontakt zur salafistischen Szene. Auch in Deutschland gerät er schnell ins Visier der Sicherheitskräfte. Schon im Oktober 2015 leitet die Polizei in Krefeld einen «Prüffall Islamismus» ein. Ein Informant des nordrhein-westfälischen Landeskriminalamtes berichtet einen Monat später, «ein gewisser Anis» bereite Anschläge in Deutschland vor. Im März 2016 wird er endgültig als Gefährder eingestuft und verdeckt observiert.

Als er vom Bundesamt für Migration und Flüchtlinge erkennungsdienstlich behandelt wird, fallen seine zahlreichen Falschnamen auf. Sein Asylantrag wird abgelehnt, Amri ist seitdem ausreisepflichtig, kann aber nicht abgeschoben werden, da er angeblich keinen tunesischen Pass besitzt.

Sein Lebensmittelpunkt hat sich zunehmend nach Berlin verlagert, also bittet das Düsseldorfer LKA die Kollegen in der Hauptstadt, die Überwachung fortzusetzen.

Dort entscheidet die Staatsanwaltschaft im September

2016, nur drei Monate vor dem Anschlag auf dem Breitscheidplatz, die aufwendigen Maßnahmen einzustellen, da sich die Vorwürfe gegen Amri nicht erhärtet hätten. Er gilt fortan nur noch als kleiner Drogenhändler. Später stellt sich heraus, dass die Observierung bereits im Juni beendet wurde.

Am 19. Dezember 2016 verlässt Anis Amri gegen 14.15 Uhr seine Wohnung in der Freienwalder Straße 30 in Berlin-Gesundbrunnen. Um 15.30 Uhr trifft er sich mit zwei Freunden in der Buttmannstraße. Sie halten sich etwa eine Stunde in einer Filiale des Imren Grill auf, besuchen für dreißig Minuten eine gegenüberliegende Moschee und gehen zurück in den Imbiss.

Anschließend begleitet Amri seine Freunde bis zum Hermannplatz in Neukölln und fährt alleine weiter. Am Westhafen steigt er aus, um 18.10 Uhr erreicht er das Friedrich-Krause-Ufer. Immer wieder hat er den Ort in den letzten Wochen erkundet. Hier, vor der Niederlassung des Stahlhändlers ThyssenKrupp Schulte, parken die größten LKW. Amri hat sich den schwarzen Scania-R-450 ausgesucht.

Er geht noch einmal in die nahegelegene Fussilet-Moschee in der Perleberger Straße und wird dabei von der Überwachungskamera der gegenüberliegenden Polizeistation gefilmt.

Gegen 19.25 Uhr ist er wieder am Friedrich-Krause-Ufer. Schon um 19.35 Uhr rollt der Schwertransporter in Richtung Innenstadt. Anis Amri sitzt hinter dem Steuer, der polnische Kraftfahrer Lukasz Urban liegt neben ihm auf dem Beifahrerplatz, erschossen und mit Messerstichen attackiert.

Amri umrundet den Weihnachtsmarkt an der Gedächtniskirche und schickt noch ein paar Nachrichten an seinen Anleiter vom Islamischen Staat in Libyen: «Mein Bruder, alles ist in Ordnung, gepriesen sei Gott. Ich bin jetzt in der Karre, verstehst du? Bete für mich, Bruder, bete für mich!»

Um 20.01 Uhr rast der schwarze Scania mit hoher Geschwindigkeit durch die Hardenbergstraße und dann in den mit Besuchern gefüllten Gang zwischen den Buden am Breitscheidplatz. Nach achtzig Metern kommt er zum Stehen.

Stöhnend klappte Neuhaus die Akte zu, die Grabowski ihm mitgegeben hatte. Er empfand nichts außer tiefem Ekel.

ZEHN

Abends stand Neuhaus vor dem Baalbek, einem libanesischen Restaurant auf der Karl-Marx-Straße in Neukölln. Grabowski hatte es ihm empfohlen, weil auch Anis Amri hier öfter gegessen hatte. «Dann hast du gleich noch einen seiner Orte eingesammelt.»

Drinnen waren fast alle Tische besetzt. Er suchte sich einen der letzten freien Plätze. Außer ihm, so hatte er den Eindruck, waren alle Gäste Araber. Sie wollten Neuhaus nicht, ihre Blicke sagten es: die der Männer blitzend, angriffslustig, die der Frauen verdeckt, ausweichend. Dennoch blieb er sitzen.

Er wartete, dass man ihm eine Karte brachte und seine Bestellung aufnahm. Es kam niemand. Der Kellner, der das Geschirr abräumte, ignorierte seine Zeichen. Als Neuhaus sich beschwerte, wurde an den Tischen gegrinst. Endlich erklärte man ihm, dass er im Nebenraum eine Nummer zu ziehen habe, dort seine Bestellung aufgeben und später sein Essen abholen dürfe.

Man hatte es geschafft, ihn zum Bittsteller zu machen, der sich für alles entschuldigen und bedanken musste.

Es waren viele junge Paare da. Die Frauen schwanger oder mit Babys auf dem Arm. Die Männer lächelnd und über ihre Smartphones wischend. Es war eine Mischung aus Ungeduld und Langeweile, die Neuhaus umgab.

Als sein Essen endlich kam, hatten sich die anderen Gäste an ihn gewöhnt. Es gab ihn nicht mehr. Wieder unter sich, kauten sie auf ihren Zahnstochern und ödeten sich an.

Am Nachmittag war Neuhaus nach Gesundbrunnen gefahren, um sich das Haus anzuschauen, wo Amri in der Parterrewohnung im Hinterhof mit einem anderen Mann ein Zimmer geteilt hatte. Er wollte sich eine Vorstellung davon machen, wie der junge Attentäter seinen letzten Tag in Berlin verbracht hatte.

«Sie sin' wohl ooch wegen Amri hier, wa?», fragte die Frau, die im ersten Stock auf einem Kissen über der Balkonbrüstung lehnte und auf den Bürgersteig glotzte. Neben ihr schaukelte ein Kakadu auf der Stange in seinem Käfig. «Allet juht hier», rief sie.

Natürlich hatte sie recht. Warum sollte irgendetwas darauf hinweisen, dass in diesem Haus ein Massenmörder gewohnt hatte?

Der nächste Ort auf seinem Plan war die Buttmannstraße Nummer 1 gewesen. Der Imren Grill, der sich hier an der Ecke zur Badstraße befand, war die zweite Filiale einer kleinen Kette von preiswerten, aber sehr beliebten türkischen Imbiss-Restaurants, von denen es sechs in Berlin gab. Hier hatte Amri sich noch am Nachmittag des Anschlags mit zwei Freunden getroffen. Neuhaus schaute nur kurz rein und trat dann wieder auf die Straße.

Nach dreißig Minuten Fußweg erreichte er neben dem großen Bundeswehrkrankenhaus die Kieler Brücke am Berlin-Spandauer Schifffahrtskanal. Ein schlichter Metallbogen überspannte das Wasser. Die Brücke war nur für Fußgänger und Radfahrer passierbar.

Hier hatte der Attentäter, lange vor dem Anschlag, sein Bekennervideo aufgenommen und dem Führer des Islamischen Staates die Treue geschworen. Er richtete das Wort an seine Feinde, die er «Kreuzfahrer» nannte: «Wir kommen zu euch, um euch zu schlachten, ihr Schweine.»

Neuhaus nahm an, dass Amri das Friedrich-Krause-Ufer von seinen Besuchen im Landesamt für Einwanderung kannte, wo er unter irgendeinem seiner falschen Namen an ein wenig zusätzliches Geld oder einen Aufenthaltstitel zu kommen gehofft hatte. Der große Gebäudekomplex lag nur ein paar Schritte entfernt von der Niederlassung des Stahlhändlers und von den Parkplätzen für die großen LKW. Von überall strömten Menschen herbei oder lagerten vor dem Haus der Behörde und auf den Bürgersteigen. Große Familien, die lauthals diskutierten. Schwarze Paare, die mit glänzenden Gesichtern ihre Kinderwagen durch die Sonne schoben. Und dünne Männer mit traurigen Augen, die aussahen, als hätten sie jede Hoffnung verloren.

Zuletzt ging Neuhaus in die Perleberger Straße. Die Fussilet-Moschee war seit seinen ersten Tagen in Berlin Amris Anlaufpunkt gewesen. Hier hatte er gebetet, hier hatte man ihn übernachten lassen, hier hatte er Freundschaften geschlossen, und es sprach einiges dafür, dass hier auch die Pistole versteckt gewesen war, mit der er am 19. Dezember 2016 den Kraftfahrer Lukasz Urban in dessen Scania erschossen hatte.

Als Neuhaus jetzt vor dem Haus stand, war das Klingelschild verschwunden, der Briefkasten mit Werbung verstopft und die Fenster mit Brettern vernagelt. Nach dem Attentat war die Moschee mehrfach durchsucht worden. Man ging davon aus, dass hier zehn sogenannte Gefährder verkehrten. Im Februar 2017 wurde der Verein Fussilet 33 verboten.

Jetzt betrat Grabowski das Baalbek und lächelte Neuhaus an.

«Ich wollte sehen, ob du meinen Tipp befolgt hast. Außerdem bin ich hungrig.»

Sofort hellte sich die Stimmung im Laden auf. Der Kellner kam, begrüßte Grabowski und fragte Neuhaus, ob er ein Dessert wünsche. Die Blicke, die er jetzt empfing, waren freundlich. Selbst die Frauen wagten, ihn anzuschauen.

«Was ist mit mir?», fragte Neuhaus. «Erst habe ich die Pest, dann kommst du, und sie liegen mir zu Füßen.»

Grabowski lachte. «Sie kennen mich. Ich gehöre dazu. Ich bin im Viertel geboren und wohne hier …»

«Aber was hat das mit mir zu tun?»

«Jemand, der zu mir gehört, gehört ebenfalls dazu. Das ist für sie in Ordnung.»

«Gehöre ich zu dir? Bin ich in Ordnung?»

«Was hast du gegessen?», fragte sie statt einer Antwort.

«Einen Schawarma-Teller mit Hummus, Falafel und Salat.»

«Und?»

«Ganz okay.»

«Mehr kannst du nicht verlangen für acht Euro. Ich nehme dasselbe.»

«Du weißt, dass du eine Nummer ziehen musst.» Er deutete auf den Nebenraum.

«Ich muss keine Nummer ziehen, Neuhaus. Wir werden am Ende nicht mal bezahlen ... Und, was sagst du zu dem Dossier?»

«Nein, erst will ich hören, was du denkst. Über Amri. Abgesehen von den Fakten, die ich aus deinen Unterlagen kenne.»

Grabowski überlegte eine Weile. «Sie sind alle Würstchen», sagte sie schließlich. «Die Attentäter von Paris waren Würstchen. Die von Brüssel: Würstchen. Und auch Anis Amri war ein aggressives, armseliges Würstchen. Zum Schluss hat er nicht mehr ein noch aus gewusst. Das Ding am Breitscheidplatz war sein Abschiedsgruß, mit dem er wenigstens vor sich selbst bestehen wollte. Der gloriose Held und Märtyrer des Islamischen Staates war ein Loser, der sich nicht mal mehr ein Zugticket leisten konnte. Ein Schwarzfahrer, ein Handy- und Fahrraddieb, ein kleines Arschloch, ein Kiffer und Kokser, der am Ende war. Der Anwalt eines der Terroristen aus Molenbeek hat damals über seinen Klienten gesagt, der sei so intelligent wie ein leerer Aschenbecher. Nach allem, was wir über Anis Amri wissen, lässt sich dasselbe über ihn sagen.»

«Wir hätten ihn zehnmal kriegen können und haben ihn zwölfmal laufen lassen», entfuhr es Neuhaus. «Zeitweise waren drei Dienste auf ihn angesetzt ...»

«Vier», verbesserte Grabowski.

«Aber länger als von 9 bis 17 Uhr wollte niemand arbeiten ... Weißt du, wie viele Tage ein Berliner Polizist im Durchschnitt jährlich krank ist?»

«Nämlich?»

«Hab ich heute Morgen gelesen: Es sind 49,1 Tage. Kennst du in deinem Bekanntenkreis irgendwen, der kein Beamter ist, aber sieben Wochen im Jahr an seinem Arbeitsplatz fehlt? Soll ich dir was sagen? Der Anschlag ist ein Ergebnis unserer Faulheit, unserer Gleichgültigkeit und Schlamperei. Ich habe die Aussagen der Überlebenden, der Angehörigen, der Augenzeugen und der Rettungskräfte gelesen. Es gibt wahrscheinlich tausend Menschen, die dieses Attentat ein Leben lang mit sich rumtragen werden. Ein Verbrechen, das ein Einzelner ausgeführt und das gerade mal zweieinhalb Minuten gedauert hat!»

Grabowski wich seinem Blick aus. Seine Stimme wurde lauter, er war dabei, sich in Rage zu reden. Sie schaute an seinem Kopf vorbei auf das gerahmte Foto des Bacchus-Tempels in der libanesischen Stadt, die dem Baalbek seinen Namen gegeben hatte. Sie wirkte erleichtert, als ihr Essen kam.

«Unsere Leute kriegen ihr Geld, auch wenn sie Fehler machen oder gar nichts tun», fuhr Neuhaus fort. «Warum ist man nicht an ihm drangeblieben? Weil es angenehmer ist, abends im Garten mit den Nachbarn zu grillen, als irgendeinem mickrigen Islamisten-Arschloch zu folgen, das loszieht, um im Görlitzer Park Drogen zu verkaufen. Unser Laden ist durchsetzt mit diesen Nummer-sicher-Beamten, die nur an ihre Pensionen denken und sich während der Dienstzeit in Baumärkten herumtreiben.»

«Hast du getrunken?»

«Nein, das mache ich später. Aber ich habe einen Fehler gemacht. Ich habe ‹wir› gesagt. Und: ‹unsere› Leute. Dabei weigere ich mich dazuzugehören!»

«Lässt du mich aufessen, und wir reden draußen weiter?», fragte Grabowski.

Neuhaus schaute auf die Straße. Der Billigsupermarkt gegenüber war geschlossen, aber trotzdem hell erleuchtet. Vor dem Eingang lag eine Frau in ihrem Schlafsack, neben ihr ein großer Hund. Man hörte das Wummern der Bässe aus den Lautsprechern der Autos. Sie fuhren mit quietschenden Reifen an, bremsten scharf vor der nächsten Ampel und beschleunigten aufs Neue; hinterm Steuer meist junge Männer mit Brikettfrisuren. Neukölln ist die einzige Gegend in Deutschland, dachte Neuhaus, wo man Sozialleistungen bezieht und sich trotzdem einen Mercedes AMG leisten kann.

An der Karl-Marx-Straße wechselten sich die Geschäfte für Brautmoden, Friseure, Shisha-Bars, Spielsalons und Döner-Buden ab. Selbst die kleinen asiatischen Restaurants warben auf ihren Schaufenstern damit, halal zu sein.

Als sie gehen wollten, war das Baalbek fast leer. Neuhaus kramte einen 50-Euro-Schein hervor und legte ihn auf den Tisch.

«Vergiss es!», sagte Grabowski. «Du beleidigst sie, wenn du in meiner Gegenwart bezahlst. So sind meine Leute, Neuhaus: gastfreundlich. Wer hier als Polizist was werden will, muss ein Fisch im Wasser sein.»

«Niemals», erwiderte er leise.

«Stell dich nicht so an! Ich kenne die Familie seit meiner Kindheit. Sie zahlen nicht, wenn sie bei meinen Eltern Blumen holen, und wir nicht, wenn wir bei ihnen essen.»

«Was geht mich das an?»

Er wandte sich ab, ging nach draußen und wartete ein Haus weiter auf dem spärlich erleuchteten Bürgersteig. Eine junge Frau mit rasiertem Schädel stocherte kurz in einem Müllbehälter und wechselte schimpfend die Straßenseite. Es wurde gehupt.

Grabowski trat auf ihn zu. «Setzen wir uns auf die Treppe vorm Rathaus? Die Sonne hat den ganzen Tag geschienen, dann sind die Stufen auch um diese Zeit noch warm.» Sie sah ihn an. «Ich muss dringend mit dir über David Schuster sprechen. Aber erst will ich was anderes wissen. Was hast du gemeint damit, dass du nicht dazugehörst?»

Er schloss kurz die Augen, dann legte er los: «Die Polizei ist ein Verein, in dem Befehl und Gehorsam gelten. Ein solcher Verein zieht nicht unbedingt demokratisch gesinnte Menschen an. Die meisten entscheiden sich für den Beruf, weil sie es in einer anderen Umgebung gar nicht aushalten würden. Im Präsidium ducken sie sich weg, aber draußen wollen sie dicketun. Auch wenn sie es nicht laut sagen, das Gros unserer Kollegen ist der Meinung, dass dunkelhäutige Menschen meist kriminell sind und sich illegal hier aufhalten, dass es sowieso zu viele Ausländer in Deutschland gibt, dass Roma klauen, betteln, in Krankenhäusern randalieren und dicke Autos fahren. Dass Juden reich sind, zu viel Einfluss haben und vom schlechten Gewissen der Deutschen profitieren.»

Neuhaus wartete, dass Grabowski ihm widersprach. Sie sagte nichts. Er sah sie an. «Irgendwas falsch an dem, was ich gesagt habe?»

«Nicht wirklich. Aber ich meine ... du *bist* Beamter.»

«Ja, und wem nicht passt, was ich sage, der muss mich rausschmeißen. Ich habe meinen Eid auf die Verfassung abgelegt, nicht auf die Meinung des deutschen Volkes und seiner Polizei. Die meisten Polizisten sind Duckmäuser. Sie verhalten sich wie geprügelte Hunde mit Pensionsanspruch. Wenn du sie fragst, was sie am meisten in ihrer Arbeit behindert, werden an erster Stelle Journalisten und Politiker genannt.»

«Aber stimmt doch auch, wir werden dauernd kontrolliert, müssen uns unentwegt rechtfertigen. Wenn man uns in Ruhe unsere Arbeit machen ließe ...»

«Was dann?», schnappte Neuhaus. «Wie viele würden dann in vermeintlicher Notwehr erschossen? Wie viele würden rätselhafterweise in ihrer Zelle verbrennen? Wie viele bei der Festnahme im Würgegriff ersticken?»

«Du bist wirklich ein guter Mensch», sagte Grabowski nach einer Weile. Ihre Augen glitzerten.

Er warf den Kopf in den Nacken. «Weißt du was? Leck mich!»

«Wo?», fragte Grabowski.

Keiner von beiden zeigte auch nur die Spur eines Lächelns.

Schweigend waren sie zum Mercure gegangen und saßen wieder in den Sesseln neben dem kleinen Rauchtisch. Als man sie nach ihren Wünschen fragte, bestellten beide ein Bier. Von den Chinesen war nichts zu sehen.

«Du hältst mich für korrupt, ja?», fragte Grabowski. «Du glaubst, ich lasse mich für eine warme Mahlzeit und ein Glas Tee kaufen.»

«Mach, was du willst», erwiderte Neuhaus. «Ich muss nicht mitmachen.»

«Du hast dich unwohl gefühlt in diesem Lokal, weil *du* diesmal der Fremde warst. Um dich herum wurde türkisch und arabisch gesprochen. Du hast nicht gewusst, wie man bestellt, hast aber auch keinen deiner Tischnachbarn gefragt. Du hast auf die dunkelhäutigen, dunkelhaarigen, dunkeläugigen Menschen so reagiert, wie du es allen deutschen Polizisten vorwirfst. Du bist nicht besser, Neuhaus. Nur hochmütiger.»

«Und, was ist jetzt mit David Schuster?» Er sah Grabowski an und wartete.

Sie rückte die dicke Brille zurecht und brauchte noch eine Weile, um ihren Ärger zu beherrschen.

«Das Tagebuch, das wir bei ihm gefunden haben, ist bis auf die unterste Zeile der letzten Seite gefüllt. Der jüngste Eintrag datiert vom 3. September 2017. Aber es gibt ein Papierfach im Einband. Dort habe ich ein paar gefaltete Blätter entdeckt, die Aufzeichnungen über die letzten Tage enthalten. Die Originale habe ich in die KT gegeben, aber wenn du dir die Kopien mal anschauen würdest ...»

«Nein», erwiderte Neuhaus. «Vielleicht später. Erzähl mir, was du gelesen hast und was dich stutzig macht. Dann weiß ich das schon mal.»

«Offensichtlich ist ihm in den Tagen vor seinem Tod immer wieder ein Mann begegnet, den er vorher nicht gekannt hat. Mal trifft Schuster ihn vor seiner Haustür, mal im Supermarkt, dann wieder unweit der Synagoge. Er nennt den Fremden einfach ‹er›, einige Male auch ‹der Schöne›.»

«Dann lies mir ein paar dieser Einträge vor.»

Sie zückte die Zettel. «Hier: ‹Er hat schon wieder meinen Weg gekreuzt.› Oder hier: ‹Der Schöne hat mir zugelächelt.› ... ‹Heute hat er mich ignoriert, obwohl wir uns auf dem Gehweg fast gestreift haben.› ... ‹Er gefällt mir wirklich.› Und schließlich: ‹Wir haben uns verabredet.›»

Neuhaus sog Luft durch die geschlossenen Zähne ein und stieß sie hörbar wieder aus.

«Wir wissen weder, wie alt noch wie groß er ist», sagte Grabowski, «und haben keine Ahnung, wie er aussieht. Er ist einfach nur er, der Schöne, ein Mann.»

«Das ist mehr als nichts. Und wenn sich der Fremde

Schuster gezeigt hat, dann haben ihn auch andere gesehen.»

«Du hältst das für eine Spur, der wir nachgehen sollten.»

Neuhaus nickte. «Wenn David Schusters Handydaten es hergeben, brauchen wir dringend sein Bewegungsprofil. Er und der schöne Mann sind wahrscheinlich von irgendwelchen Überwachungskameras aufgenommen worden. Die Ochsentour muss sowieso gemacht werden: die Nachbarn am Segitzdamm befragen, klären, wen er getroffen hat. Wo hat er eingekauft? Wer hat ihn gesehen? Mit wem hat er gesprochen? Wenn wir Glück haben, bekommen wir eine Beschreibung des Mannes aus dem Tagebuch.»

«Der möglicherweise der Täter ist», sagte Grabowski.

«Dafür ist es zu früh. Wir dürfen uns noch nicht auf eine Version festlegen, aber ...»

«... aber wir haben keinen besseren Kandidaten.»

«Ja», sagte Neuhaus. «Was meinst du, machen wir Schluss für heute? Wohnst du weit von hier? Soll ich dich bringen?»

Grabowski schüttelte den Kopf. «Nur ein paar Häuser weiter, auf der anderen Straßenseite. Über dem Computerladen.» Sie sah ihn müde an. «Ich möchte, dass wir beide irgendwie klarkommen ... Hörst du, Neuhaus?»

Er wartete, bis sie durch die Drehtür in der Dunkelheit verschwunden war, dann verließ er selbst noch einmal das Hotel. Er hatte das Bedürfnis, zu rauchen und zu trinken.

Eine Weile streifte er durchs Viertel, dann ging er zurück auf die Hermannstraße. Im nächsten Spätkauf nahm er eine kleine Flasche Whiskey aus dem Regal und ließ sich eine Packung Roth-Händle geben. Die Streichhölzer bekam er geschenkt.

Er ging zu dem Haus, das Grabowski ihm genannt hatte, sah auf das Klingelschild und fand ihren Namen: Suna-Marie Özdal.

Ein paar Meter weiter, in der Nähe der U-Bahn-Station, setzte er sich auf eine Mauer. Der erste Zug an der Zigarette ließ ihn husten. Er nahm einen Schluck aus der Flasche, dann noch einen.

Die Stadt kam noch immer nicht zur Ruhe.

Er merkte, dass sich ihm jemand von hinten näherte.

«Du rauchst?», fragte Grabowski.

«Nein», antwortete er.

«Ich hab aus dem Fenster geschaut und dich hier sitzen sehen. Aber wenn du lieber alleine sein willst ...»

«Schon gut.»

Er hielt ihr die Flasche hin, sie lehnte ab. «Aber eine Zigarette würde ich nehmen.»

«Wenn ich jetzt sterben könnte», sagte Neuhaus unvermittelt, «wäre alles in Ordnung. Ich bin auf nichts mehr neugierig. Außer vielleicht auf meine Schwester.»

«Auf deine Schwester?»

Er ging nicht darauf ein.

«Was ist bei dir mit Sex?», fragte sie.

Er war zu überrascht, um sofort antworten zu können. «Ziemlich zero», sagte er schließlich.

«Bei mir auch, zerozero!»

«Fehlt dir das?»

«Manchmal ja, meistens nein», sagte sie.

«Wie bei mir.»

«Aber ich würde gerne ein bisschen mehr von Männern bewundert werden. Nicht unbedingt angefasst, aber bewundert.»

«Dann musst du im Minirock an einer Baustelle vorbeilaufen. Oder vor einer Webcam posieren. Da behältst du die Sache im Griff, bekommst jede Menge Likes und verdienst noch ein bisschen Geld.»

«Du kennst dich aus, oder?», sagte Grabowski trocken.

«Glaub schon.»

«Du bist ein komischer Typ, Neuhaus. Aber ich kann dich leiden. Du bist schweigsam, ich bin ein Plappermaul. Irgendwann wirst du mich auch leiden können. Aber weißt du, wie es kommen wird? Wir werden echt gute Freunde werden, und das wird uns daran hindern, miteinander ins Bett zu gehen. So ist es bei mir immer. Wenn ich einen leiden kann, will ich nicht mit ihm schlafen. Und die, mit denen ich im Bett gelandet bin, kann ich am nächsten Morgen nicht mehr ertragen.»

«Dann haben wir vielleicht beide einen Knacks», sagte Neuhaus. Und nach einer Weile: «Ich bin weder schwul, noch bin ich Jude. Aber die Zeiten wären besser, wenn man die Schwulen und die Juden wenigstens in Ruhe ließe.»

«Aber wir haben doch jetzt schwule Minister und jüdische Oberbürgermeister!»

«Trotzdem, der Hass wird wieder größer.»

«Du bist verzweifelt», sagte Grabowski.

«Nein, ich bin nur ohne Hoffnung.»

«Und so kann man leben?»

Statt zu antworten, stellte er eine Gegenfrage. «Und worauf hoffst du?»

Sie sah einer Taube nach, die vor ihnen aufgeflogen war und jetzt auf der anderen Straßenseite über den Gehweg humpelte.

«Auf Kinder», sagte sie. «Na ja, und schon auch auf einen Mann. Aber mir ist keiner gut genug.»

Neuhaus nahm einen weiteren Schluck, schüttelte sich und warf die noch halbvolle Flasche in den nächsten Mülleimer. Er setzte sich wieder neben seine Kollegin und wartete, dass sie weitersprach.

«Ich glaube, mein Knacks sind meine Eltern. Sie lieben sich so innig, sie haben uns Kinder mit so viel Zuwendung erzogen, dass ich genau weiß: So gut würde ich es nie hinbekommen. Egal, wo ich bin oder was ich mache, bis heute kommt es mir vor, als würden sie mich vom gegenüberliegenden Balkon aus beobachten und mit halb wohlgefälliger und halb besorgter Miene auf mich herabschauen ...»

Er lächelte. Sie saßen jetzt dicht beieinander.

«Und du? Warum hast du keine Frau?», fragte sie.

«Ich hatte eine. Und ich habe sie geliebt. Aber sie ist tot, Grabowski. Und jetzt lass uns schlafen gehen.»

In seinem Hotelzimmer legte er die zweite Seite von Rory Gallaghers Irish Tour ’74 auf den Plattenteller und hörte leise «A Million Miles Away». Es war das traurigste Stück des Sängers mit der traurigsten Stimme der Welt.

Neuhaus stellte sich ans Fenster und schaute wieder in das Zimmer im Haus gegenüber. Heute trug die Frau keinen Bademantel, sondern ein Kleid, über das sie eine Strickjacke gezogen hatte. Sie ging auf und ab, wollte Wein in ein Glas gießen, zitterte aber so stark, dass sie die Flasche wieder abstellen musste. Sie schüttelte den Kopf, nahm ein Taschentuch, wischte sich über die Augen und schnäuzte sich die Nase. Der Mann betrat das Zimmer, legte sein Jackett ab, setzte sich, stand wieder auf, zeigte mit dem Finger auf sie, schüttelte ebenfalls den Kopf. Er schien sie anzuschreien, fuchtelte mit der Hand in ihre Richtung, dann ließ er sich erneut in den Sessel sinken. Sie ging zu ihm und schlug ihn ins Gesicht. Wenig später sah Neuhaus, wie der Mann das Haus verließ.

ELF

Während er sich am nächsten Morgen rasierte und die Zähne putzte, ließ er Sam Cookes Aufnahme aus dem Harlem Square Club laufen. Er hoffte, dass der Schwung der Tanzmusik sich auf ihn übertragen würde. Aber schon nachdem er geduscht und sich angezogen hatte, merkte er, wie erschöpft er noch immer war. Er dachte an das Gedicht von Gottfried Benn, über das er seine Abiturarbeit hatte schreiben müssen: «Was ist der Mensch – die Nacht, vielleicht geschlafen, doch vom Rasieren wieder schon so müd, noch eh ihn Post und Telefone trafen, ist die Substanz schon leer und ausgeglüht.»

Er rief an der Rezeption an, um sich das Frühstück und die Zeitungen aufs Zimmer bringen zu lassen. Zehn Minuten später kam ein junger Mann, stellte das Tablett auf den Tisch und blickte Neuhaus freundlich an. Er gab dem Kellner fünf Euro und wartete, bis er wieder alleine war.

Der *Tagesspiegel* nahm den Mord an David Schuster zum Anlass, sämtliche islamistischen Anschläge seit dem Attentat auf dem Breitscheidplatz aufzulisten. Allein im letzten Dreivierteljahr hatte es bei 23 Attacken im Namen Allahs 262 Todesopfer gegeben. Erst vor einem Monat waren bei dem Anschlag in Barcelona sechzehn Menschen getötet und mehr als hundert verletzt worden. Auch dort war der Täter mit einem LKW in die Menschenmenge gefahren. Neuhaus schlug die Zeitung zu und verließ das Hotel.

«Was machst du hier?» Grabowski setzte sich neben ihn auf den Rasen.

«Ich dachte mir schon, dass du vorbeikommst», sagte Neuhaus.

«Du liegst morgens im Gras auf dem Tempelhofer Feld, holst dir einen nassen Hintern und glotzt in die Luft.»

«Ja, ich schaue den Vögeln zu.»

«Vögel interessieren dich?»

«Seit ich ein Kind war. Und ich verstehe sie bis heute nicht. Schau mal!»

Er zeigte in den Himmel.

«Du meinst die Krähen?»

«Nein, du musst noch viel höher gucken. Da sind Weißstörche, die im Aufwind kreisen.»

Grabowski hatte den Kopf in den Nacken und die rechte Hand schützend über die Augen gelegt. «Das sind ja mindestens hundert. Warum machen sie das?»

«Sie sind auf dem Weg in den Süden. Es sind schwere Vögel, aber sie nutzen die Thermik und lassen sich von der warmen Luft nach oben tragen. So sparen sie Kraft. Dann segeln sie, ohne mit den Flügeln zu schlagen, bis zum nächsten Aufwind.»

«Du verstehst sie ja doch!» Grabowski klang enttäuscht: «Mir wäre es lieber, sie würden das aus Spaß machen … Kommst du mit in die Baracke?»

«Geh schon vor! Ich muss noch einen Moment alleine sein.»

Neuhaus kniff die Augen zusammen. Etwa 200 Meter entfernt sah er eine Frau, die mit ihrem angeleinten Hund über eine der Wiesen spazierte. Irgendwas kam ihm an ihr bekannt vor; er war sich sicher, sie schon mal gesehen zu haben. Endlich fiel es ihm ein. Schnell stand er auf und ging auf sie zu.

Der Hund sah aus wie ein kurzbeiniger Fuchs. Die Frau watschelte mehr, als dass sie ging. Sie trug einen braun karierten Rock, eine dazu passende, leicht ausgestellte Jacke, darunter eine gerüschte Bluse. Sie hatte eine große Nase, kräftige Oberweite und breite Hüften. Das Kinn gereckt, den Blick nach vorne gerichtet. Miss Marple, dachte Neuhaus, eine jüngere Ausgabe von Miss Marple. Eine resolute Dame.

«Hübscher Hund, den Sie da haben», sagte Neuhaus, der Heuchler.

Die Dame spitzte die Lippen und wiegte geschmeichelt den Kopf.

«Was ist es denn für einer?», fragte Neuhaus, der Interessierte.

«Waltraud, sie heißt wie ich, sie ist ein Corgi. Bis vor kurzem gab es auch noch Rüdiger. Er hieß wie mein Mann. Beide sind gestorben.»

Als sie ihren Namen hörte, schaute die Hündin zu ihrer Besitzerin auf und begann zu hecheln. Ihr rostroter Schwanz schlug aufgeregt hin und her.

«Mein Beileid. Wie die Hunde von Queen Elizabeth?», sagte Neuhaus, der Monarchist.

«Fast. Wahrscheinlich nicht ganz so reinrassig…» Sie blickte ihn an. «Sie sind Polizist, nicht wahr?»

«Ja, wir haben uns gestern schon mal gesehen. Sie saßen auf einer Bank am Segitzdamm. Sitzen Sie dort öfter?»

«Waltraud bestimmt meinen Tagesablauf. Sie mag die Grünanlage. Seit sie alleine ist, trifft sie dort gerne andere Hunde.»

«Sie scheinen viel unterwegs zu sein.»

«Bewegung tut uns gut. Und einmal in der Woche machen wir einen großen Spaziergang zum Hundeplatz hier. Aber manchmal nehmen wir auch den Bus.»

«In dem Haus, in das ich gestern mit meiner Kollegin gegangen bin, hat ein Mann gewohnt, der ermordet wurde.»

«David Schuster, ich weiß. Ich habe es in der Zeitung gelesen. Und man spricht in der Nachbarschaft darüber. Er war immer freundlich zu mir.»

«Sie kannten ihn?»

«Ich wohne im Haus nebenan. Wir haben uns öfter auf der Straße getroffen. Er hat jedes Mal gefragt, wie es mir und den Hunden geht.»

«Wir haben inzwischen erfahren, dass er kurz vor seinem Tod einen Mann kennengelernt hat, über den wir nichts wissen. Einen gutaussehenden Mann, den wir gerne als Zeugen befragen würden.»

«Stimmt es, dass David Schuster von muslimischen Terroristen umgebracht wurde?», erwiderte sie.

«Das können wir noch nicht sagen. Es gibt ein Bekennerschreiben, von dem Sie vielleicht gehört haben. Sonst weist im Moment nichts darauf hin. Wichtig ist, dass wir diesen Mann finden.»

Sie nickte, ging ungelenk in die Hocke, nahm ihre Hündin auf den Arm und schaute in die Ferne.

«Also wissen Sie etwas über ihn?», fragte Neuhaus.

Sie nickte wieder. «Aber ich habe Angst.»

«Sie haben den Mann gesehen? Und Sie könnten ihn beschreiben?»

«Er war mir nicht geheuer. Er ist in den letzten zwei Wochen ständig bei uns um den Block geschlichen, hat zu Schusters Fenster hochgeschaut und die Haustür beobachtet. Manchmal hat er es darauf angelegt, ihm zu begegnen, dann wieder ist er ihm ausgewichen. Selbst nachts habe ich ihn auf der Straße stehen sehen.»

«Wie alt ist dieser Mann, wie groß, welche Haarfarbe hat er?»

«Ich denke, Sie suchen einen Zeugen und keinen Verdächtigen?»

Neuhaus merkte, dass er einen Fehler gemacht hatte.

«Ich muss jetzt wirklich los», sagte sie. «Ich habe noch einige Arztbesuche vor mir.»

«Sagen Sie mir wenigstens Ihren Namen. Ich muss Ihnen einen Kollegen schicken, dem Sie helfen können, rasch ein Phantombild zu erstellen. Waltraud ... und weiter?»

«Majewski», antwortete sie leise.

«Waltraud Majewski. Und Sie wohnen in dem Haus rechts oder links von David Schuster?»

«Links daneben, in der Nummer 22. Aber verstehen Sie mich bitte, im Moment habe ich keine Zeit.»

Neuhaus sah den beiden Waltrauds nach. Sie watschelten davon. Sowohl die Hündin als auch ihre Besitzerin kamen ihm nun ganz und gar verzagt vor.

ZWÖLF

Er hatte Grabowski eine Nachricht geschickt. Jetzt kam ihm seine Kollegin bereits entgegen.

«Was meinst du damit: Wir haben eine Zeugin?»

«Erinnerst du dich an die Frau, die gestern auf der Bank vor Schusters Haus saß?», sagte Neuhaus.

«Die in dem Tweed-Kostüm mit ihrem kleinen Hund?»

«Ja. Ich habe sie eben zufällig getroffen. Sie hat unseren schönen Fremden gesehen. Und sie hat Angst vor ihm.»

Grabowski nickte langsam. «Nicht schlecht.»

«Es wäre mir lieb, wenn das vorerst unter uns bleibt.»

«Neuhaus, wir können keine geheimen Ermittlungen führen.»

«Bitte, nur für kurze Zeit, bis wir mehr wissen. Gibt es Fotos von Philippe Boudia?»

«Du meinst, er ...?»

Neuhaus hob die Achseln. «Ich weiß es nicht. Ich will nur, dass diese Waltraud Majewski ihn sich mal ansieht.»

«Klar, es müsste welche geben ... Ich gehe Frühstück holen, soll ich dir was mitbringen?»

«Nein.»

«Nein, danke?»

«Nein, danke!»

Er setzte seine Ohrhörer ein und wählte auf dem Smartphone Bob Dylans «Visions of Johanna» in einer heimlich mitgeschnittenen Live-Aufnahme aus dem Jahr 2000. Neuhaus hatte gemerkt, dass dieses Stück ihm half, sich zu konzentrieren. Er lief auf dem Gehweg auf und ab; erst als der Song zu Ende war, betrat er die Baracke.

«Meinen Sie immer noch, dass Philippe Boudia eine Lusche ist?», sagte er.

Er sah, wie Günther Jeschke angesichts dieser Frage stutzte. Der Leiter der SETA brauchte lange für seine Antwort.

«Wir haben den Namen in der Öffentlichkeit nie genannt. Ich nehme an, Grabowski hat dir von ihm erzählt.»

Neuhaus wartete ab.

«Boudia war einer der Drogenkumpels von Amri, mehr nicht. Mit der islamistischen Szene hatte er nichts zu tun. Weil sein Vater algerische Wurzeln hat und weil er mit Anis Amri herumgezogen ist, haben wir uns viel zu lange mit ihm beschäftigt. Es war reine Zeitverschwendung.»

«Verstehe», sagte Neuhaus.

Das Lauern in Günther Jeschkes Augen hielt an. «Was ist, Neuhaus? Du wirkst ständig, als würdest du mir nicht trauen. Aber wenn wir Erfolg haben wollen, müssen wir an einem Strang ziehen.»

Neuhaus nickte. «Ich denke, da haben Sie recht.»

«Ich hab dich draußen gesehen. Was hörst du, wenn du deine Stöpsel in den Ohren hast?»

«Eben war es Bob Dylan.»

Jeschke lächelte, als habe er Verständnis. «Aber als sie ihm letztes Jahr den Nobelpreis verliehen haben, hast du da nicht auch gedacht, dass jetzt alle durchdrehen?»

«Nein, ich habe gedacht, dass es die beste Nachricht seit der Befreiung von Auschwitz ist.»

«Ich weiß gar nicht, was an diesem herumzigeunernden Israeliten Besonderes ist.»

«Die Geschmäcker sind halt unterschiedlich», erwiderte Neuhaus und freute sich, dass ihm ein so schwachsinniger Satz eingefallen war.

Er ging zum Schreibtisch von Ansgar Schindler. Der IT-Mann war im Sitzen fast so groß wie er selbst im Stehen.

«Hör mal, das mit dem nassen Handtuch ...», begann Schindler.

«Schon gut», unterbrach ihn Neuhaus. «Was ist mit dem Handy und dem Notebook von David Schuster?»

Schindler griff in eine seiner Schubladen und übergab Neuhaus einen dicken Stapel ausgedruckter Blätter.

«Sein GPS war die meiste Zeit ausgeschaltet. Aber wir haben eine Menge Daten zusammenstellen können, die Schusters Kontakte in den letzten Wochen dokumentieren. Er hat sich quasi in sämtlichen sozialen Netzwerken herumgetrieben. Berlin hat er wohl schon länger nicht mehr verlassen. Soweit wir das rekonstruieren können, hat er sich meistens in seinem Viertel aufgehalten. Er war zu zwei Vorträgen eingeladen, hat Entwürfe für einige Zeitungsartikel geschrieben und ein Radio-Interview gegeben.»

«Und?»

«Was und?»

«Willst du mich verschaukeln, Schindler? Ich will nicht eine Menge Daten; ich will Ermittlungsarbeit. Mit wem hat David Schuster telefoniert, und was schließt ihr daraus? Mit wem hat er sich getroffen, und was schließt ihr daraus? Mit wem hat er geschlafen, und was schließt ihr daraus?»

Ansgar Schindler sah Neuhaus unter halbgesenkten Lidern an.

«Ich habe das Gegenteil gelernt: dass man keine vorschnellen Schlüsse ziehen soll. Wir liefern das Material; ihr fügt das Puzzle zusammen.»

«Ah ja? Ich habe gehört, bei der SETA läuft es anders. Dass hier alle mitdenken und zusammenarbeiten. Dass alle *an einem Strang ziehen* müssen.»

Neuhaus legte den Papierstapel zurück auf Ansgar Schindlers peinlich aufgeräumten Schreibtisch und wandte sich ab. Er sah, dass seine Kollegin zurück von ihren Einkäufen war.

Es war wie ein Ruck, der zuerst durch Grabowskis Körper und dann durch die gesamte Baracke ging. Alle schienen ihn zu spüren.

Sie hatte das Telefon am Ohr, als sie plötzlich herumfuhr und den Augenkontakt mit Neuhaus suchte. Ihre Stimme war nicht lauter geworden, nur der Ton hatte sich verändert.

Niemand außer ihr sprach mehr im Raum.

Sie nickte immer wieder und fuhr sich nervös durchs

Haar. Schließlich ließ sie das Handy in ihre Hosentasche gleiten. Sie war kreidebleich.

Erst als sie die fragenden Blicke der Kollegen nicht losließen, sagte sie: «Wir haben ein neues Opfer.»

Sie räusperte sich.

«Neuhaus, komm! Wir müssen los. Es gibt eine Tote im Bergmannkiez.»

«Können wir deinen Wagen nehmen? Ich mag jetzt nicht mit dem Taxi oder öffentlich fahren.»

Er sah sie von der Seite an. Ihre Augen waren feucht, die Hände zitterten.

«Was ist mit dir? Kanntest du die Frau?»

Sie liefen am Hotel vorbei durch die Rollbergstraße. Aber erst als der Jaguar das Parkhaus verließ, hatte sich Grabowski so weit gefasst, dass sie sprechen konnte.

«Kennen ist zu viel gesagt ... Sie hat mal bei uns in der Schule einen Vortrag gehalten.»

Er schwieg.

«Sagt dir der Name Nuray Arslan was?», fragte sie.

«Kommt mir vor, als hätte ich den schon mal gehört.»

«Kann sein, dass du sie im Fernsehen gesehen hast. Sie wird oft in Talkshows eingeladen.»

«Dann kann ich sie nicht kennen, ich schaue kein Fernsehen.»

«Ich habe nie persönlich mit ihr gesprochen, aber Nuray Arslan war die Heldin meiner Jugend. Sie war die Heldin einer ganzen Generation junger Deutschtürkinnen. Und ... und jetzt ist sie tot ...»

Für einen Moment entstand eine Pause.

«Wie kommst du darauf, dass wir für den Fall zuständig sind?», fragte Neuhaus.

«Sie wurde erst vor zehn Minuten gefunden. Ein Kollege vom Abschnitt 52 hat mich angerufen. Arslan ist von hinten durch einen Kopfschuss getötet worden. Neben ihrer Leiche liegt das gleiche Bekennerschreiben, das wir auch bei David Schuster gefunden haben: Kommando Anis Amri.»

Er schlug mit der Faust auf das Lenkrad.

«Verdammter Mist! Wo ist das passiert?»

«Bei ihr zu Hause. Sie hat eine Wohnung in der Bergmannstraße 19.»

«Hat der Kollege dir gesagt, wer sie gefunden hat?»

«Nein, ich hab auch vergessen zu fragen ... Ich war völlig durch den Wind. Was mich nur wundert: Man hatte ihr Personenschutz zugeteilt ...»

«Erzähl mir alles, was du über sie weißt.»

«Hast du noch eine von deinen Zigaretten?»

Er wies mit dem Kopf auf das Handschuhfach.

Sie steckte sich eine an und ließ das Fenster runter. «Nuray Arslan ist Mitte der sechziger Jahre geboren. Sie war ungefähr im Alter meiner Mutter. Als Kleinkind ist sie mit ihren Eltern und den Geschwistern aus der Türkei nach Berlin gekommen. Die Familie lebte hier in ziemlich beengten Verhältnissen, wie du dir vorstellen kannst. Sie hat schnell Deutsch gelernt, viel schneller als ihre älteren Brüder. Ich weiß das, weil ich erst vor kurzem ein großes Porträt über sie gelesen habe. Ihre Lehrer mochten sie, weil sie fleißig und schnell im Kopf war. Sie wurde viel gelobt und bekam gute Noten.»

«Ich ahne, was jetzt kommt.»

«Genau: Den Eltern gefiel das überhaupt nicht. Sie drangsalierten Nuray und fingen an, sie zu schlagen. Sie zwangen sie, ein Kopftuch zu tragen, und verboten ihr, sich außerhalb der Schule mit ihren deutschen Mitschülern zu treffen.»

Neuhaus murmelte: «Mir scheint, dagegen hatten wir es in unserer Kindheit vergleichsweise gut.»

Sie schnippte Asche aus dem Fenster. «Wie du es hattest als Kind, weiß ich nicht. Und wahrscheinlich wirst du es auch nicht erzählen. Aber ehrlich gesagt waren solche Geschichten auch bei vielen von meinen Freundinnen keine Ausnahme ...»

«Mach weiter mit Nuray Arslan.»

«Als man ihr sagte, welchen Cousin in der Türkei sie bald heiraten würde, beschloss sie abzuhauen. Sie kam bei einer Freundin unter, wechselte aufs Gymnasium, suchte sich einen Job und konnte sich bald ein billiges Zimmer leisten.»

Sie warf die Kippe raus und steckte sich ein Kaugummi in den Mund. «Auch eins?» Sie hielt Neuhaus die Packung hin.

«Danke, nein.»

«Nach dem Abitur», fuhr Grabowski fort, «hat sie Jura studiert und ist Anwältin geworden. Bald zählten zu ihren Klientinnen immer mehr Mädchen und Frauen, die geschlagen und eingesperrt wurden, denen eine Zwangsheirat drohte, die abgeschoben werden sollten. Aber sie war nicht nur eine kämpferische Juristin; sie war auch eine gläubige Muslima. Eine, die bloß nicht wollte, dass Frauen Kopftücher tragen müssen, dass sie beschnitten oder verheiratet werden. Sie war sehr leidenschaftlich, ihre Augen leuchteten, wenn sie sprach; sie konnte ihr Gegenüber überzeugen. Du kannst dir vorstellen: Als Nuray Arslan in der Aula unserer Schule gesprochen hat, haben wir Mädchen uns alle auf Anhieb in sie verliebt. Weil Arslan immer wieder ein Loblied auf die deutsche Verfassung gesungen hat, wurde sie im Lauf der Zeit mit vielen Preisen geehrt.»

Sie fuhren den Columbiadamm am Nordrand des Tempelhofer Feldes entlang, als Neuhaus sie unterbrach: «Du denkst dran, mir zu sagen, wann ich abbiegen muss? Tut mir leid, Grabowski, aber was du über sie erzählst, klingt nicht nur superkorrekt, sondern vor allem ziemlich angepasst ...»

Sie musste kurz lachen: «Ja, das merke ich auch gerade. Du fährst gleich nach rechts in die Friesenstraße ... Aber du darfst nicht vergessen, wo Arslan angefangen hat. Und sie erhält seit über dreißig Jahren Morddrohungen. Es ist kaum ein Tag vergangen, an dem man ihr nicht angekündigt hat, dass sie in der Hölle schmoren wird. Dabei war sie nichts als eine demokratische, türkischstämmige Anwältin!»

«Davon gibt es aber auch noch ein paar andere ...», meinte er.

«Was soll das, Neuhaus? Sie war die Erste! Sie hat uns

Mut gemacht, oder uns verdorben – je nachdem, wie man es sehen will. Und nun gibt es sie nicht mehr ... Weißt du, ich will wissen, wie sie gelebt hat. Aber ich will sie nicht in ihrem Blut liegen sehen.»

DREIZEHN

Vor dem Eingang parkte ein schwarzer BMW, in dem Grabowski Kollegen des Landeskriminalamtes erkannte. Sie klopfte an die Scheibe der Fahrerseite.

«Seid ihr die Personenschützer?»

Beide nickten.

«Könnt ihr bitte aussteigen? Wir müssen reden.»

Vor ihnen standen nun zwei breitschultrige Männer in dunklen Anzügen, die beide versuchten, Grabowskis Blick auszuweichen. Der eine trug glänzende Lederschuhe, der andere Sneaker.

«Was ist da schiefgegangen?»

«Sie hat uns abgehängt», sagte der mit den Lederschuhen.

«Klar, sonst würde sie wohl noch leben. Also?»

«Wir sind heute früh mit Frau Arslan nach Schöneberg gefahren. Sie wollte unbedingt ihren eigenen Wagen nehmen. Sie hatte einen Termin in einem Dessous-Laden für große Größen.»

«Warum musstest du das Letzte sagen?» Grabowski warf ihm einen funkelnden Blick zu.

«Weil es so war und weil es am Schaufenster stand. Frau Arslan hat uns gebeten, draußen zu warten. Es könnte eine Weile dauern, hat sie gesagt. Die Besitzerin hat ihr die Eingangstür geöffnet und von innen wieder abgeschlossen.»

«Und ihr seid Kaffee trinken gegangen?»

Offensichtlich durfte nur der mit den Lederschuhen reden: «Nein, wir haben auf dem Gehweg gewartet. Als sie nach einer Stunde immer noch nicht wieder da war, sind wir unruhig geworden.»

«Und wie sieht das aus, wenn ihr unruhig werdet?»

«Wir haben versucht, sie anzurufen, haben an die Tür geklopft. Keine Reaktion.»

«Was denkt ihr, hat sie gemacht?»

«Sie muss durch den Hinterhof abgehauen sein. Ihr Wagen stand in einer Nebenstraße.»

Grabowskis Ton wurde schärfer: «Und was glaubt ihr, warum sie das getan hat?»

«Im Prinzip war sie froh, dass wir sie beschützt haben. Manchmal hat sie uns Mokka und Baklava bringen lassen. Aber sie hat auch immer wieder versucht, uns zu entwischen.»

«Ich habe nach dem Grund gefragt.»

«Es ist für niemanden angenehm, von morgens bis abends bewacht zu werden.»

«Hatte Nuray Arslan einen besonderen Grund, das nicht zu mögen?»

Die beiden Personenschützer wechselten einen kurzen Blick.

Diesmal war es Neuhaus, der nachsetzte. «Also?»

«Sie ist ... sie war ... männerverrückt. Anders kann man

es nicht sagen. Sie mochte junge Kerle. Und sie wollte nicht, dass wir das jedes Mal mitbekommen.»

«Ihr meint, sie könnte sich mit einem Mann getroffen haben, den sie an euch vorbei in ihre Wohnung geschmuggelt hat?»

«Das hat sie jedenfalls öfter versucht. Und sie hat sich diebisch gefreut, wenn es ihr mal wieder gelungen ist.»

Lederschuh konnte sich ein Grinsen nicht verkneifen.

«Was habt ihr jetzt vor?», fragte Neuhaus.

«Uns wurde gesagt, wir sollen hier warten. Es wird eine interne Untersuchung geben.»

Das Haus, in dem sich Nuray Arslans Wohnung befand, lag an der Ecke zur Schenkendorfstraße. Es war ein großes Bürgerhaus, das 1879 erbaut worden war und unter Denkmalschutz stand.

Sie gingen in dem breiten Treppenhaus mit den glattpolierten hölzernen Handläufen bis in den dritten Stock. Der Kollege, der Grabowski benachrichtigt hatte, öffnete ihnen die Tür.

«Ein Notarzt hat bereits ihren Tod festgestellt», sagte er. «Rechtsmedizin und Spurensicherung sind auf dem Weg. Ihr Körper war noch warm, als wir hier ankamen. Ihr hört es selbst, nebenan ist eine Baustelle. Unwahrscheinlich, dass bei dem Krach jemand den Schuss mitbekommen hat. Auf den ersten Blick gibt es keine Einbruchsspuren, sie muss den Täter selbst hereingelassen haben. Sie war übrigens im ganzen Viertel bekannt wie ein ... Wie sagt man?»

«Egal», erwiderte Grabowski. «Was willst du uns mitteilen?»

«Sie war sehr kontaktfreudig, saß oft in der Espressobar gegenüber, hat in der Marheineke-Markthalle eingekauft, ist über den Flohmarkt gestreift. Sie hat die Trödelläden besucht und war gerne in den Thai-Restaurants der Umgebung essen. Zu ihrer Beerdigung werden Massen kommen! Sie hat übrigens immer wieder Frauen, die sie in ihrer Kanzlei aufsuchten und sie um Hilfe baten, bei sich wohnen lassen.»

«Woher weißt du das?»

«Weil ich Nuray Arslan kannte», sagte er. «Wie du weißt, arbeite ich hier im Viertel. Ich hab oft mit ihr geplaudert. Es ist eine Schande!»

«Wo liegt sie?»

«Ganz hinten, im Erkerzimmer.»

Grabowski sah Neuhaus an.

Er nickte: «Ich mache das. Aber erst mal schauen wir uns ein wenig um.»

Die Wohnung hatte einen breiten, langen Flur, von dem acht Türen abgingen. Es gab fünf Zimmer, ein geräumiges Bad, eine Gästetoilette und die Wohnküche.

«Sieht so aus, als hätte sie sich für die Enge ihrer Kindheit entschädigen wollen.»

«Aber hat sie denn so viel Geld verdient?», fragte Neuhaus.

«Bei ihrer Klientel eher unwahrscheinlich.»

Nuray Arslan hatte ihr Zuhause zu einem riesigen

Boudoir gemacht. Überall auf dem Parkett lagen dicke Teppiche, die Wände waren zum Teil mit Stoff bespannt, im Schlafzimmer stand ein großes Bett mit mächtigen Pfosten aus verziertem Holz und einem Himmel aus scharlachrotem Brokat. Es gab einen barocken Schminktisch mit dreiteiligem Spiegel und passendem Hocker. Daneben ein Bidet, über dem an der Wand eine üppig gerahmte Reproduktion von Boillys Gemälde «La toilette intime» hing, das eine Frau zeigte, die sich unter ihren gerafften Röcken zwischen den Beinen wusch.

In den offenen Schränken glänzten seidene Unterröcke, aus den Schubladen quollen Slips und BHs. Es roch nach Moschus und Rosenwasser.

«Meine Güte», sagte Neuhaus, «hier dampft ja alles vor Sinnlichkeit. Man kommt sich vor wie in Tausendundeiner Nacht.»

Bevor er den Raum verließ, drehte Neuhaus sich noch mal um. Grabowski stand vor einem offenen Wandschränkchen und betrachtete mit unverhohlener Neugier den Inhalt: eine geflochtene Reitgerte aus Leder, ein paar mit Kunstfell gefütterte Handschellen und allerlei bunte Gerätschaften aus Silikon.

Die Frau von der Rechtsmedizin war gerade eingetroffen. Sie nahm die erste äußere Leichenschau vor und begann, in ihr Aufnahmegerät zu sprechen.

Neuhaus stand im Türrahmen. «Was dagegen, wenn ich zuhöre?»

Sie schüttelte den Kopf.

«Wir befinden uns in einem Innenraum mit geschlossenem Fenster. Das Opfer, eine kräftig gebaute Frau, liegt mit der rechten Körperseite auf dem Boden, der mit einem dicken Teppich ausgelegt ist. Die Tote ist nackt, bis auf einen verrutschten Kimono. Steckschuss in den Hinterkopf, nicht aufgesetzt, aber aus nächster Nähe. Vermutlich die Todesursache.»

Sie maß die Körpertemperatur von Nuray Arslan sowohl unter den Armen und im Mund als auch rektal.

«Körper 37° Celsius, Umgebungstemperatur 20° Celsius. Windstill. Körpergewicht circa 70 Kilogramm.»

Dann gab sie die Daten in ihr Tablet ein und sprach weiter.

«Aufgrund der geringen Differenz zwischen initialer und nun gemessener Körpertemperatur ist anzunehmen, dass der Auskühlvorgang gerade erst begonnen hat. Das Henßge-Nomogramm kalkuliert, dass sie vor einer Stunde gestorben ist. Große Toleranz. Die Bestimmung des Körperfettanteils und der schnelle Einsatz einer Wärmebildkamera wären sinnvoll.»

Sie strich über die Haut der Toten und drückte an verschiedenen Stellen auf das Gewebe. Dann streifte sie die Ärmel des Kimonos ein wenig nach oben.

«Leichte, kaum noch sichtbare Läsionen rund um beide Fuß- und Handgelenke. Weitere Auffälligkeiten nicht zu bemerken. Auf den ersten Blick keine Kampfspuren, was heißen könnte, dass sich Täter und Opfer einverständig getroffen haben.»

Sie stellte das Aufnahmegerät aus.

Neuhaus dankte der Medizinerin, dass er ihr hatte zuhören dürfen: «Ich bin anderes gewohnt. Die meisten hätten mich auf den schriftlichen Bericht warten lassen.»

«Da wird auch nichts anderes drinstehen.»

«Aber wir hätten wertvolle Zeit verloren. Übrigens, die Spuren an Fuß- und Handgelenken ...»

Die Ärztin lächelte. «So werde ich doch noch zu einer Spekulation gezwungen. Aber ich gehe davon aus, dass sie das Ergebnis harmloser Fesselspiele sind. Wie gesagt, hier kann ich mich irren.»

«Wir wissen noch immer nicht, wer die Tote gefunden hat», sagte Neuhaus, als sie wieder auf der Straße standen.

«Doch», erwiderte Grabowski. «Nuray Arslan hatte eine Haushälterin, die heute Morgen bei ihr bei aufräumen und putzen wollte. Die Frau wohnt in der Gneisenaustraße, sie erwartet uns.»

Die Adresse, die man ihr gegeben hatte, lag an einer lauten Kreuzung. Vom Gehweg mussten sie ein paar Stufen hinabsteigen, um in die dunkle Kellerwohnung zu gelangen. Schon im Eingang schlug ihnen der Geruch von scharfem Reinigungsmittel und zu lange gelagerten Äpfeln entgegen.

Frau Wernecke empfing sie in einer frisch gebügelten Kittelschürze. Auf dem kleinen Küchentisch lag eine geblümte Wachstuchdecke. Die Haushälterin füllte die bereitgestellten Teetassen und schob die Zuckerdose in Richtung ihrer Besucher. Da es nur zwei Stühle gab, war sie selbst stehen geblieben. An der Wand hing ein Abreißkalender mit Bibelsprüchen.

«Ich habe es immer befürchtet. Es hat nicht anders kommen können», sagte sie und knetete ein Taschentuch in ihren knochigen Händen. Abwechselnd schaute sie die beiden Polizisten an. Ihr Gesicht war hager, die Lippen schmal und die Pupillen zu kleinen schwarzen Kugeln verhärtet.

«Wie oft waren Sie bei Frau Arslan?»

«Normalerweise zwei Mal die Woche, manchmal auch täglich. Sie ging davon aus, dass ich ihr immer zur Verfügung stehe.»

«Sie hat gut bezahlt?»

«Wenn sie Geld hatte, ja.»

«Das alles hört sich an, als hätten Sie diese Frau nicht besonders gemocht.»

«Es war sie, die meine Ergebenheit zu schätzen wusste. Und dass ich verschwiegen war.»

«Was Sie jetzt nicht mehr sein müssen. Sie haben Sie gut gekannt?»

«Ich habe mehr über sie gewusst, als mir lieb war.»

«Sie hat viele Männerbekanntschaften gehabt?»

Frau Wernecke schnaubte.

«Gibt es jemanden aus Nuray Arslans Umgebung, dem Sie zutrauen, sie getötet zu haben?»

«Es könnte jeder dieser ... dieser Männer sein, mit denen sie sich abgab.»

«Sie sagen das, als würden Sie das Wort Männer nicht gerne aussprechen.»

«Na ja, sie haben keine Rücksicht darauf genommen, ob ich nebenan geputzt oder gerade ihre schmutzige Wäsche aufgelesen habe. Diese Menschen sind nackt durch die Wohnung gelaufen. Einmal hat sich einer auf die Toilette gesetzt, während ich im selben Raum die Wanne geschrubbt habe. Es waren … Schweine. Und es kam vor, dass sie drei von ihnen gleichzeitig empfangen hat.»

«Kennen Sie Namen dieser Männer?»

Frau Wernecke stieß ein kurzes hysterisches Kichern aus. «Wieso sollte ich mir die Namen dieser Leute merken? Ich habe mich bemüht, sie noch nicht einmal zu sehen. Aber Frau Arslan hat selbst im Schlaf an nichts anderes gedacht.»

«Woher wollen Sie das wissen?»

«Vor einem Vierteljahr hatte sie drei Tage lang hohes Fieber. Ich habe Tag und Nacht an ihrem Bett gesessen. Von ihren sogenannten Freunden hat sich niemand blicken lassen.»

«Und sie hat im Schlaf gesprochen? Was hat sie gesagt?»

«Sie werden von mir nicht verlangen, dass ich diese Worte in den Mund nehme.»

«Kann sein, dass wir Sie noch mal aufsuchen müssen, um Ihnen einige Fotos zu zeigen.»

Sie zuckte mit den Schultern. «Frau Arslan hat mir Geld geschuldet. In den letzten zwei Monaten habe ich keinen Lohn mehr erhalten.»

«Da können wir Ihnen leider nicht weiterhelfen.»

Sie hob das Kinn und drehte den Kopf zur Seite. «Das habe ich mir schon gedacht.»

«Was meinst du, wie alt Frau Wernecke ist?», fragte Grabowski auf der Straße.

«Jedenfalls jünger, als wir denken», antwortete Neuhaus.

«Was für eine schreckliche Person. Ganz und gar freudlos.»

«Hat sich dein Bild von Nuray Arslan geändert, nach allem, was wir jetzt wissen?»

«Mein Bild ja, aber nicht mein Urteil über sie.»

«Dass sie verschwenderisch gelebt hat?»

«Erstaunt mich, aber ich mag es auch. Menschen, die dauernd rechnen, sind entweder arm oder geizig. Und gehört der Geiz nicht zu den sieben Todsünden?»

Neuhaus lächelte. «Die Wollust allerdings auch.»

«Wie es scheint, hat sie genommen und verteilt, was will man mehr?»

«Was sagst du zu ihrem Liebesleben?»

Grabowski sah ihn an. «Formulierst du bereits so keusch wie Frau Wernecke? Du meinst Arslans Sexualleben?»

Neuhaus schnaufte Zustimmung.

«Sehr lebendig, würde ich sagen. Aber ist doch okay. Sie hat offenbar alle Gelegenheiten genutzt und darüber hinaus weitere gesucht. Mein Ding ist das nicht, aber wenn es ihr gefallen hat, warum nicht?»

«Heißt?»

«Ich würde niemals so leben wollen, aber kann es verstehen.»

Er ließ nicht locker. «Erklärst du mir das?»

«Es gibt nichts zu erklären», sagte Grabowski. «Wenn es um Sex geht, muss man auf jede Spielart gefasst sein. Es gibt Liebhaber für alles, das weißt du selbst. Du musst mich nicht für ahnungslos halten, bloß weil ich ... vorhin vor diesem Schrank ... Ach egal.»

«Dass du dich für Sex interessierst, habe ich schon gemerkt.»

«Ja, aber eher theoretisch. Meine Freundin Julia geht jedes zweite Wochenende in den KitKatClub, und sie fährt ganz in Lack und Leder aufgetakelt mit der BVG da hin. Wir sind hier in Berlin. Und ich mag sowieso Menschen, die anders sind als ich.»

VIERZEHN

Sie waren zurück in den Bergmannkiez gefahren, saßen auf hohen Bistrohockern am Fenster der Markthalle, jeder eine Portion Sushi und einen gekühlten Pflaumenwein vor sich.

«Widersprich mir, wenn ich etwas Falsches sage», bat Grabowski. «Aber für mich gibt es kaum einen Zweifel, dass wir es mit demselben Täter wie bei David Schuster zu tun haben und wahrscheinlich auch mit derselben Tatwaffe. Das Bekennerschreiben ist identisch, und es gibt wenig Grund, auf die Ergebnisse von Ballistik und Obduktion zu warten. Alles richtig?»

«Alles richtig», sagte Neuhaus.

«Wie gehen wir jetzt vor?»

«Im Fall Nuray Arslan haben wir bislang nichts, keine Namen, keine Zeugen. Solange das so ist, sollten wir uns auf die Dame mit dem Hündchen konzentrieren. Ich schlage vor, dass wir ins LKA fahren. Du besorgst ein Foto von Philippe Boudia, und ich versuche, einen Grafiker aufzutreiben, der uns zu Waltraud Majewski begleitet und sich den schönen Fremden von ihr beschreiben lässt.»

«Es gibt da jemanden ...», sagte Grabowski nach längerem Nachdenken. «Er war Kunststudent, hat sein

Studium abgebrochen, ist zur Polizei gekommen, erst Streifendienst, dann Kripo. Vom FBI in Quantico hat er sich zum Forensic Artist ausbilden lassen und in Berlin dann die ersten Computerprogramme entwickelt. Seine Sammlung umfasste Fotodateien von 5000 Körperteilen, die er den Zeugen vorlegen und am Bildschirm kombinieren konnte: Augen, Nasen, Münder, Ohren, Frisuren von Männern und Frauen. Aber auch Bärte und Tätowierungen, Narben und Piercings.»

«Hört sich an, als sei das unser Mann», sagte Neuhaus und bedachte Grabowski mit einem aufmunternden Seitenblick.

«Ja, nur dass er nicht mehr für die Polizei arbeitet. Seine Tochter ist vor gut anderthalb Jahren von einer S-Bahn erfasst worden. Sie hat den Zug nicht gehört, weil sie Kopfhörer aufhatte. Man hat sie noch ins künstliche Koma versetzt, aber eine Woche später ist sie gestorben. Seitdem trinkt Thilo Wächter. Erst hat er seine Tochter verloren, dann seinen Job und schließlich auch die Wohnung.»

«Lohnt es sich trotzdem, ihn zu finden?»

«Auf jeden Fall! Wenn wir es schaffen, ihn nüchtern zu erwischen, kann er unser Joker sein. Zuletzt habe ich ihn auf dem Hermannplatz gesehen, wo er vor dem Karstadt auf dem Mäuerchen saß und Dosenbier getrunken hat.»

«Karstadt ist gut», sagte Neuhaus. «Ich brauche neue Schuhe ...»

Grabowski grinste. «Bei Karstadt?»

«... aber erst fahren wir ins LKA.»

Neuhaus hatte im Bayernring am Straßenrand geparkt und war im Wagen sitzen geblieben. Jetzt kam Grabowski auf ihn zu und schüttelte den Kopf. Er sah sie fragend an.

«Es gibt keine Fotos von Philippe Boudia. Offensichtlich hat es eine Löschung aus Datenschutzgründen gegeben.»

Neuhaus war kurz davor zu brüllen.

«Beruhig dich!», sagte sie. «Ich kann nichts dafür. Da ihm nichts nachzuweisen war, mussten die heimlich gemachten Aufnahmen und die Überwachungsberichte aus unserem System verschwinden. Der Datenschutzbeauftragte hätte uns sonst die Hölle heißgemacht.»

«Das heißt, ohne dein Dossier wüsste ich gar nichts über Philippe Boudia. Ich wüsste wahrscheinlich nicht einmal, dass es ihn gibt.»

«Sieht ganz danach aus.»

«Grabowski, das stinkt. Hier geht es nicht um Datenschutz, hier geht es um Vertuschung. Ich habe noch keine Dienststelle erlebt, die nicht dafür sorgt, dass alle Daten jederzeit verfügbar sind. Das nennt man doppelte Buchführung: eine offizielle Akte für die juristischen Bedenkenträger, eine vollständige Akte im Keller für die weiteren Ermittlungen oder schlicht als Gedächtnis der Abteilung.»

Es war seiner Kollegin anzusehen, wie unbehaglich ihr bei diesem Thema war.

«Es sind nicht nur im Fall Anis Amri Fehler gemacht worden», sagte Grabowski, «sondern auch beim sogenannten Nationalsozialistischen Untergrund. Und nahezu jeder beteiligte Ermittler hat im Nachhinein versucht, sein Versagen oder seine Faulheit zu beschönigen. Man hat Fotos verschwinden lassen, wichtige Informationen nicht nach Wiesbaden weitergegeben, Überwachungsberichte gefälscht und Täterprofile nachträglich verharmlost.»

«Alles Gründe für ein Verfahren gegen diese Polizisten und für empfindliche Strafen», meinte Neuhaus.

«Nicht bei uns. Es gab ein paar Suspendierungen, ein paar Versetzungen, aber es sind alle noch da. Und keiner hat bis jetzt seinen Pensionsanspruch verloren.»

«Dann haben die Kollegen gelernt, dass sie machen können, was sie wollen ... Komm, wir müssen Thilo Wächter finden.»

Er sah Grabowski auf dem niedrigen Mäuerchen am Rande des Hermannplatzes sitzen.

«Nicht sehr bequem, dein Platz», sagte Neuhaus.

«Nein, aber hier habe ich schon gerne gesessen, als ich noch ein Kind war. Ich mochte das Vibrieren, wenn unter mir eine U-Bahn durchfuhr. Und ich mag es auch jetzt noch. Es beruhigt mich. Du hast Schuhe bekommen?»

«Ich hab einfach schnell ein paar Sneaker mitgenommen ... Im Gang gegenüber waren zwei junge Frauen, fünfzehn, sechzehn Jahre alt, beide trugen Kopftuch und waren geschminkt. ‹Ich würde die in Pink nehmen› hat die eine zur anderen gesagt, ‹die passen gut zu deiner Tasche. Dann lässt du dir noch die Nails pinken, und schon bist du ein Supereyecatcher.›»

«Ja», sagte Grabowski, «so reden die Mädchen in Neukölln. Sie passen sich ihren Familien an und entziehen sich ihnen zugleich.»

«Was ist mit Thilo Wächter?»

«Ich hab seine Saufkumpane gefragt. Sie sagen, um diese Zeit sitzt er meistens auf irgendeiner Bank in der Hasenheide. Es heißt, er hat dort eine ‹Gefährtin›. Wir können gleich zu Fuß rübergehen.» Sie stand auf und stellte sich direkt vor ihn: «Ich hab dich übrigens gerade aus dem Karstadt kommen sehen, Neuhaus. Dass du auf so landläufige Schönheiten stehst, hätte ich nicht gedacht.»

Seine Lider begannen zu flattern. «Was meinst du?»

«Das weißt du», sagte sie. «Du bist am Ausgang mit einer Frau zusammengestoßen, erinnerst du dich nicht? Groß, blond, langes Haar, lange Beine – und schon geht in Neuhaus' Gesicht die Sonne auf. Du hast richtig geflirtet und ihr noch ewig nachgeglotzt.»

Er fühlte sich ertappt. Erst schwieg er lange, dann versuchte er stotternd, sich zu erklären.

«Lass es!», sagte Grabowski. «Ich bin es gewohnt, dass Männer schlichte Reflexe zeigen. Aber ich habe dich noch nie so entspannt, noch nie so leichten Herzens gesehen. Das hat mir gefallen. Trotzdem: Ich wollte dich nicht zum Erröten bringen.»

Thilo Wächter saß an einem steinernen Tisch, in den ein Schachbrett als Mosaik eingelassen war. Ihm gegenüber eine junge Frau mit grünem Haar und einem Stachelhalsband. Um ihre Füße flitzte ein Frettchen an einer langen Leine durchs Gras.

«Thilo, bist du nüchtern? Wir brauchen dich.»

Erst jetzt schaute der Mann auf. «Grabowski, wie schön, dich zu sehen. Was ich nicht bei vielen ehemaligen Kollegen sagen würde.»

«Du musst bitte mitkommen zu einer Zeugin. Wir brauchen ein Phantombild.»

«Du erinnerst dich, dass die Polizei mich entlassen hat. Habt ihr sonst niemanden?»

«Niemanden, der besser ist.»

«Hab ich was davon?»

Grabowski zog einen 100-Euro-Schein hervor und legte ihn auf den Tisch.

«Habt ihr das Programm dabei?»

«Im Auto», sagte Grabowski.

«Spielen wir morgen so weiter?», fragte Thilo Wächter die Frettchen-Frau.

«Wenn ich was davon habe», erwiderte sie.

Beide grinsten sich an. Er ging zu ihr und küsste sie zum Abschied aufs Haar.

«Sie ist deine Freundin?»

«Ich nenne sie meine Gefährtin. Wir spielen Schach zusammen, um nicht zu früh am Tag mit dem Trinken anzufangen. Manchmal lässt sie mich bei sich übernachten.»

Zu dritt standen sie vor Waltraud Majewskis Wohnhaus, aber niemand öffnete.

«Vielleicht ist sie einkaufen», sagte Neuhaus. «Und sie hat was von Arztbesuchen erzählt.»

Sie klingelten bei den Nachbarn, aber keiner hatte Frau Majewski gesehen.

Erst ein Dackelbesitzer am Wassertorplatz konnte ihnen weiterhelfen.

«Ja. Die hat vorhin das Haus verlassen. Mein Dusty und ihre Waltraud beschnuppern sich gern. Frau Majewski hatte eine kleine Reisetasche dabei. Sie wollte aufs Land zu ihrer Schwester.»

«Verdammter Mist!», stieß Neuhaus hervor.

«Wissen Sie, wohin?», fragte Grabowski.

«So dicke sind wir nicht. Aber sie hat mal eine Datsche in der Nähe von Rheinsberg erwähnt.»

«Wissen Sie es etwas genauer?»

«Leider nein. Weites Feld, oder?»

«Allerdings! Hat sie gesagt, wie lange sie wegbleiben wollte?»

«Keine Ahnung. Aber ich weiß, dass sie übermorgen einen Termin beim Tierarzt hat. Den wird sie sicherlich wahrnehmen.»

«Kennen Sie den Namen der Praxis?»

«Ja, wir haben denselben. Es ist Dr. Weidlich, gleich um die Ecke in der Prinzenstraße.»

«Dann gehen wir da jetzt hin», sagte Neuhaus.

Der Mann schüttelte den Kopf. «Keine Chance. Längst geschlossen.»

«Wo sollen wir dich rauslassen, Thilo?», fragte Grabowski, als sie am Wagen angekommen waren. «Tut uns leid, dass wir dich umsonst belästigt haben.»

«Kein Problem», antwortete Wächter. «Am Hermannplatz. Ich muss jetzt trinken.»

«Dürfen wir auf dich zurückkommen?»

«Aber mit Vergnügen. Wenn ich wieder etwas davon habe.»

«Und ich muss jetzt schlafen», sagte Neuhaus zu Grabowski. «Lass uns ein paar Stunden Pause machen. Ich melde mich am Abend bei dir.»

FÜNFZEHN

Es war 22.17 Uhr, als sein Smartphone ihn weckte. Der Name Alizé Tesch erschien auf dem Display.

«Stör ich?»

«Alles okay», antwortete Neuhaus.

«Du musst mir einen Gefallen tun. Es gibt einen Termin mit einer Zeugin, die eine Aussage machen will. Es handelt sich um eine brasilianische Prostituierte. Wir warten schon lange darauf, dass sie auspackt. Eigentlich hat sie darauf bestanden, mit Jeschke zu reden, aber der bringt gerade seine Tochter ins Krankenhaus.»

«Und jetzt soll ich übernehmen?»

«Ja, bitte. Es ist nicht weit von deinem Hotel.»

«Wo?»

«In Neukölln, Ringbahnstraße 17, um Punkt 23 Uhr. Die Dame wartet vor dem Haus in ihrem alten Golf, flaschengrün und ziemlich runtergekommen. Sie wird ihr Baby dabeihaben. Setz dich auf den Beifahrersitz. Sie soll mit dir ins LKA fahren. Sie weiß, worum es geht. Im Vernehmungsraum versuchst du, alles aus ihr herauszubekommen. Wir sind zwei Gefährdern auf der Spur, die sich im Milieu rumtreiben. Die Frau hat Informationen über die beiden.»

Um 22.45 Uhr war Neuhaus vor Ort. Er passierte den leeren Golf, der auf der gegenüberliegenden Fahrbahnseite unter einer Straßenlaterne stand, fuhr dreißig Meter weiter und parkte vor einer großen Plakatwand. Rasch kritzelte er das Kennzeichen auf einen Zettel, den er in seine Jackentasche stopfte. Dann stieg er aus, hielt sich aber im Sichtschutz einiger Wohnmobile, die entlang des Bordsteins abgestellt waren.

Um 22.50 Uhr näherte sich eine dunkelhäutige, junge Frau, die ein Baby auf dem Arm trug. Sie legte das Kind in die Babyschale, nahm selbst hinter dem Steuer Platz und kurbelte die Seitenscheibe herunter. Neuhaus sah, dass sie sich eine Zigarette ansteckte und darauf achtete, den Rauch aus dem Fenster zu blasen. Entweder ist sie nervös, oder sie hat Angst, dachte er.

Als er seine Deckung verließ, schaute sie ihn direkt an. Er nickte ihr zu.

«Was soll das?», rief sie. «Ich war mit Jeschke verabredet.»

«Sie können genauso gut mit mir ...», erwiderte Neuhaus und betrat die gepflasterte Straße. Er hatte die Mitte der Fahrbahn erreicht, als die Frau den Zündschlüssel drehte, um loszufahren.

Die Wucht der Explosion warf ihn zu Boden.

Er hörte splitterndes Glas, dann einen zweiten Knall. Er rollte sich auf dem Pflaster zusammen und verschränkte die Arme über dem Kopf. Die Trümmerteile schlugen neben ihm auf; es wurde dunkel.

Als er wieder zu Bewusstsein kam, heulten die Sirenen der Einsatzwagen. Eine Sanitäterin beugte sich über ihn, er lag auf einer Trage.

«Nein», sagte er, «alles gut. Nur die Ohren! Was ist mit der Frau ... und ... mit dem Kind?»

«Wenn Sie die Personen in dem Auto meinen ...»

Sie hob die Brauen und schüttelte den Kopf. Sie musste nicht weitersprechen.

Ein paar Meter entfernt stand der ausgebrannte Golf. Die Feuerwehrleute rollten bereits ihre Schläuche zusammen.

«Wir werden Sie mit ins Krankenhaus nehmen. Sie müssen sich untersuchen lassen.»

«Ich bin Polizist», sagte er und zeigte seinen Ausweis. «Wirklich, es ist nichts. Nur ein paar Schrammen.»

Er torkelte mehr, als dass er ging. Die Anwohner, die aus ihren Häusern gekommen waren und nun in Schlafanzügen und Nachthemden auf der Straße standen, beäugten ihn neugierig und wichen zugleich vor ihm zurück. Er fuhr sich über die Stirn. Man hatte ihm ein großes Wundpflaster angelegt, das bereits durchgeblutet war.

Als er den Jaguar fast erreicht hatte, fiel sein Blick auf ein Straßenschild. Er blieb stehen und kramte in seinem Gedächtnis. Schließlich wählte er die Nummer von Grabowski.

«Es ist etwas passiert», sagte er. «Man hat versucht, Günther umzubringen. Eine Frau und ihr Baby sind tot.»

«Was erzählst du da? Wo bist du?»

«Nicht jetzt! Ich berichte dir später. Was ich wissen

will: In deinem Dossier über Anis Amri, kommt da die Hertastraße vor?»

«Ja, sicher», sagte Grabowski. «Amri war dort im Sommer 2016 gemeinsam mit einem unbekannten Mittäter an einem Überfall beteiligt. Sie sind in eine Bar gestürmt und haben drauflosgeprügelt. Weil der Laden keinen Namen hatte, wurde er von den Kollegen ‹Novoline-Bar› genannt, nach den Spielautomaten, die dort rumstanden. Die Geschichte hat sich nie ganz klären lassen, weil vor Gericht niemand zu einer Aussage bereit war. Man weiß nur: Es gab einen Baseballschläger, es gab Amri und seinen unbekannten Begleiter. Und hinterher einen halbtoten Gast, der erst nicht aussagen konnte und dann nicht aussagen wollte. Und gegenüber gab es eine Wohnung von zwei Prostituierten. Dort wurde ebenfalls ermittelt, weil Amri bei einer von beiden Kunde war ... Bist du okay, Neuhaus?»

«Halbwegs», antwortete er. «Darf ich mich später noch mal melden? Kann sein, dass ich dich brauche.»

«War es nicht so, dass du niemanden brauchst?»

Er hörte ihren Atem durchs Telefon.

«Ja, aber die Dinge ändern sich.»

Fenster und Eingang der Bar waren mit Brettern verschlossen, aber über der Tür hing noch das Werbeschild, auf dem einzig das Wort Novoline stand.

Neuhaus schaute sich um. Die Straße war dunkel, nur in wenigen Zimmern brannte noch Licht. Schräg gegenüber, in der Hausnummer 21, fand er, was er suchte. Eines der Fenster in der Parterrewohnung wurde von einer rot blinkenden Lichterkette umrahmt, in der Mitte hing ein leuchtendes Herz und darunter ein handgeschriebener, großer Zettel mit der Aufschrift «Massagen».

Die Frau, die ihm die Tür einen Spaltbreit öffnete, war Ende zwanzig oder etwas älter. Sie trug nur BH, Slip und Filzpantoffeln. Sie versuchte, selbstbewusst zu wirken, aber er merkte, dass sie ihm nicht traute. Wie sie vielleicht keinem der Männer traute, die zu ihr kamen.

Sie streckte ihm ihre Rechte entgegen, hielt seine Hand einen Moment zu lange, strich mit dem Daumen routiniert über seinen Handrücken und sagte: «Ich bin Valerie. Komm rein! Magst du mir deinen Namen verraten?»

«Neuhaus», antwortete er, ohne zu überlegen.

«Keinen Vornamen?»

Ihm fiel nichts ein.

«Dann eben Neuhaus. Was ist mit dir passiert?»

«Nichts, ich bin gestolpert.»

Er wusste, dass sie alles hinnehmen würde, wenn er zahlte.

«Wie viel nehmen Sie?»

«Siebzig für die Massage, 120 für alles.»

Sie sprach gut Deutsch, ihr Akzent verriet aber, dass sie aus Osteuropa stammte, vielleicht aus Polen oder Russland.

Sie führte ihn in ein halbdunkles Zimmer und bat ihn, sich auszuziehen. «Da liegen Handtücher, die Dusche ist gegenüber. Ich bringe dir ein neues Pflaster.»

«Nein», sagte er und legte das Geld auf den Nachttisch.

«Was willst du?»

«Eine Brasilianerin mit einem Baby. Fällt Ihnen dazu etwas ein?»

Ihre Augen weiteten sich; sie starrte Neuhaus an.

«Also ja?», setzte er nach.

«Was ist mit Lorena? Sie wohnt hier. Wir teilen uns die Schichten, zwölf Stunden sie, zwölf Stunden ich. Sie ist gerade erst weg.»

«Wissen Sie, wo sie hinwollte?»

«Nein, sie hat nur gesagt, es dauert nicht lange. Sie war nervös. Was ist mit ihr?»

«Sie ist tot. Und ihr Kind auch. Sie wollte eine Aussage machen. Ihr Wagen stand in der Ringbahnstraße. Das Auto ist explodiert.»

Valerie sackte auf einen Stuhl. Sie schüttelte lange den Kopf.

«So kommt es mit uns», sagte sie schließlich. Ohne dass sie schluchzte, liefen ihr die Tränen über die Wangen.

«Lorena hatte keine Aufenthaltsgenehmigung?», fragte Neuhaus.

«Dann wäre sie zu teuer geworden.»

«Sie haben auch keine?»

Valerie sah ihn spöttisch an. «Wollen Sie, dass wir uns weiter unterhalten?»

«Wissen Sie, wer Anis Amri war?»

Die Frau verließ kurz den Raum. Als sie wiederkam, hatte sie eine Strickjacke und eine Jogginghose übergezogen.

«Ich habe ihn nie gesehen, aber ich weiß, was er

getan hat. Er war ein paarmal hier, wenn Lorena Dienst hatte. Als sein Bild im Fernsehen kam, hat sie ihn sofort erkannt.»

«Wusste die Polizei, dass er hierherkam?»

«Ja. Man hat Lorena immer wieder bedrängt. Sie war die ungewöhnlichste und schönste Frau, die mir begegnet ist. Sie war fröhlich und traurig zugleich. Mit ihr musste man dauernd lachweinen.»

«Sie sagen, sie ist von der Polizei bedrängt worden?»

Valerie nickte.

«Was glauben Sie, warum sich Lorena an der Ringbahnstraße mit meinem Kollegen verabredet hat? Sie hätten sich genauso gut hier vor dem Haus treffen können. Es sind gerade mal 300 Meter.»

«Das müssen Sie Ihren Kollegen fragen. Er wird den Ort gewählt haben.» Sie zündete sich eine Zigarette an. «Wissen Sie, niemand will mit uns gesehen werden. Die Männer, die zu uns kommen, schleichen sich mit gesenktem Kopf ins Haus und genauso wieder raus. Oft fragen sie schon am Telefon, ob es einen Hintereingang und einen diskreten Parkplatz gibt. Wenn sie dann hier sind, sollen wir tun, was sie verlangen. Manche wollen schlagen, andere geschlagen werden. Und es gibt auch solche wie Sie, die nur bezahlen, um zu reden.»

Er lächelte. «Jetzt würde ich mich doch gerne ein wenig waschen und das Pflaster erneuern.»

«Hast du die Privatadresse von Günther Jeschke?»

«Neuhaus, bist du das?», fragte Grabowski. «Ich bin

neben dem Telefon eingeschlafen. Klar hab ich die. Er wohnt in Karow; wir haben schon in seinem Garten gefeiert.»

«Dann lass uns zusammen hinfahren. Ich mag ihm nicht am Telefon mitteilen, dass er eigentlich nicht mehr leben dürfte. Aber ich finde, er muss schnell erfahren, was passiert ist.»

«Und ich auch!», erwiderte sie.

«Ja, ich steh schon vor deinem Haus. Du erkennst mich an der Rose im Knopfloch.»

«Was redest du?»

«Nichts! Ein alter Witz, der wahrscheinlich nicht mehr witzig ist.»

«Was hören wir da?», fragte Grabowski, als sie fünf Minuten später mit einer Literflasche Cola neben Neuhaus in den Wagen rutschte und über das beige Leder des Sitzes strich.

«Erkennst du ihre Stimme nicht?» Er drehte ein bisschen lauter. «Es ist Nina Simone. Sie war ...»

«Neuhaus, nein! Ich erkenne die Stimme nicht! Lass mich nicht dauernd dumm dastehen, sonst frage ich dich nie wieder was.»

Er lächelte. «Okay. Darf ich dir trotzdem von Nina Simone erzählen?»

Sie seufzte. «Ja, bitte.»

«Sie war eins von acht Kindern und hat schon mit vier Jahren Klavier gespielt. Sie wäre gerne klassische Pianistin geworden, aber weil sie schwarz war, hat sie ihre

Ausbildung nicht beenden dürfen. Hier singt sie darüber, dass sie eigentlich nichts besitzt, kein Geld, keine Arbeit, keinen Mann, kein Land, keinen Gott. Aber dann fällt ihr ein, dass sie ja trotzdem lebt und ihren Körper hat, ihre Augen, ihren Mund, ihre Brüste, ihr Lächeln, ihr Herz und ihre Seele.»

«Klingt verzweifelt und trotzig zugleich. Und sehr schön.»

Neuhaus warf ihr einen bewundernden Seitenblick zu.

«Besser kann man es nicht beschreiben», sagte er. «Nina Simone war krank. Sie litt unter Depressionen und konnte sehr gewalttätig werden. Einmal, gegen Ende ihres Lebens, da wohnte sie bereits in Südfrankreich, hat sie auf den Sohn ihrer Nachbarn geschossen, weil sie sich gestört fühlte von dessen Lachen. Und sie war mindestens so männerverrückt wie Nuray Arslan. Man soll nicht ab und zu, man soll *jederzeit* Sex haben, hat sie gesagt. Aber all ihre Beziehungen und Ehen sind gescheitert.»

Grabowski wechselte jetzt doch das Thema. «Warum bist du überhaupt in die Hertastraße gegangen?»

«Weil sie in deinem Dossier über Amri vorkam. Weil es quasi die Verlängerung der Ringbahnstraße ist, in der vorhin ein Auto mitsamt einer Zeugin explodiert ist. Und weil ich nicht an Zufälle glaube.»

Dann erzählte Neuhaus seiner Kollegin, was geschehen war.

«Dein Instinkt war offenbar richtig», sagte sie, als er geendet hatte. «Trotzdem hättest du nicht zu dieser Valerie gehen dürfen. Du hast in einem Fall ermittelt, in den du selbst verwickelt bist. Und du hast einer Zeugin Geld gegeben, damit sie eine Aussage macht.»

«Hör dir das an!», rief er. «Hier singt Nina Simone ‹Suzanne› von Leonard Cohen. Und es ist um so vieles besser, als er das jemals hinbekommen hätte.»

«Willst du von deinen Fehlern ablenken?»

«Nein, ich will nur sagen, dass ich mich mit niemandem unterhalte, der nicht meiner Meinung über diese Musik ist», sagte Neuhaus und staunte kurz über sich selbst.

Günther Jeschke öffnete selbst die Haustür. Er trug einen gestreiften Pyjama und schien erschrocken, als er zuerst Neuhaus und hinter ihm seine Kollegin erkannte.

«Was ist mit dir?», fragte Grabowski.

Er wischte sich über die Augen. «Nichts. Ich war gerade erst eingeschlafen und hatte einen furchtbaren Albtraum.»

Neuhaus sah Jeschke an. «Wie geht es Ihrer Tochter?»

Er schluckte. «Gott sei Dank alles erst mal in Ordnung, es war wahrscheinlich eine Fischvergiftung. Man hat ihr den Magen auspumpen müssen ... Aber was macht ihr um diese Uhrzeit hier?»

«Jemand hat versucht, Sie in die Luft zu jagen», sagte Neuhaus.

«Was redest du da ...?»

«Die Brasilianerin und ihr Baby sind tot. Und wenn Sie auf dem Beifahrersitz gesessen hätten, um die Aussage der Frau entgegenzunehmen, würden Sie ebenfalls nicht mehr leben.»

Jeschke war aschfahl.

«An ihrem Golf war ein Sprengsatz angebracht», fuhr Neuhaus fort.

«Das ist ja furchtbar ... Hat sie dir noch etwas sagen können?»

«Nichts.»

«Hast du denn überhaupt mit ihr gesprochen?»

Neuhaus schüttelte den Kopf.

«Oh Gott», Jeschke fasste sich an die Stirn. Sein Gesicht wirkte wie zerrissen. «Entschuldigt, wollt ihr vielleicht reinkommen?»

Grabowski ergriff das Wort: «Lass. Wir sind alle erschöpft und sollten uns jetzt ausruhen.»

Jeschke nickte. «Das LKA ist zuständig. Ich werde mich darum kümmern.»

SECHZEHN

Ein paarmal hatte Neuhaus vergeblich bei Waltraud Majewski geklingelt, jetzt saß er in seinem Wagen, auf dem Nebensitz die zerknitterten Morgenzeitungen, die er in den vergangenen anderthalb Stunden durchgeblättert hatte, alle paar Sekunden einen schnellen Blick auf den Eingang des Hauses am Segitzdamm werfend.

Nach den Morden an David Schuster und Nuray Arslan sprachen die Blätter fast wortgleich von einer islamistischen Anschlagserie, die das ganze Land erschüttere, und das unmittelbar vor den Bundestagswahlen. Neuhaus durchblätterte den Berlin-Teil der Zeitung: Innensenator zum Islamismus, Messerstecherei am Alex, Staatssekretär verschwunden, Laubenpieper demonstrieren gegen Baupläne. Neuhaus gähnte.

Im Hotel hatte er sich eine kleine Thermosflasche mit Espresso füllen lassen, den er jetzt schluckweise aus einem Pappbecher trank. Die Krümel der beiden Buttercroissants, die er hinter dem Steuer gegessen hatte, bedeckten seine Oberschenkel. Er stieg kurz aus, wischte sich über die Hosenbeine, streckte den Oberkörper, machte ein paar Kniebeugen und setzte sich wieder in den Wagen, ließ die Fahrertür aber offen.

Ein Mann mit langen, dunklen Haaren näherte sich mit federndem Schritt über den Gehweg. Er erinnerte Neuhaus an den Schauspieler Pierre Brice in den alten Winnetou-Filmen. In einigem Abstand folgten ihm zwei uniformierte Polizisten. Sie wirkten entspannt, aber auf der Hut. Plötzlich zog Pierre Brice eine Pistole, drehte sich um und richtete die Waffe mit ausgestrecktem Arm auf die beiden Polizisten. Adrenalin schoss Neuhaus durch die Adern. Er wollte sich auf den Mann stürzen, als die Uniformierten die Hände hoben, ihrem Angreifer zunickten, sich näherten, beruhigend auf ihn einsprachen und ihm die Pistole entwanden, bei der es sich offensichtlich um eine Attrappe handelte und die er sich ohne Widerstand abnehmen ließ. Es war klar, sie kannten ihn und hatten dieses Spiel schon öfter gespielt.

Neuhaus' Anspannung wich nur langsam. Mein Gott, dachte er, was für einem Irrwitz man jede Minute in dieser Stadt ausgesetzt ist. Eigentlich müsste man dauernd wegschauen, um es auszuhalten.

Das Taxi hielt direkt vor dem Haus. Waltraud Majewski zahlte den Fahrpreis, ohne sich eine Quittung geben zu lassen. Sie stieg aus; der Hund glitt von ihrem Arm auf die Straße. Als sie am offenen Kofferraum stand, begegneten sich ihre Blicke. Sie erkannte Neuhaus sofort.

Abrupt wandte sie sich ab, wechselte rasch ein paar Worte mit dem Taxifahrer, riss den Corgi mehr auf ihren Arm, als dass sie ihn hob, und sprang zurück in den Wagen, der sofort startete und Richtung Gitschiner Straße raste.

Drei Kreuzungen weiter hatte Neuhaus sie eingeholt. An einer Ampel stellte er sich quer vor den elfenbeinfarbenen Mercedes, zeigte dem Fahrer seinen Dienstausweis und bat Waltraud Majewski auszusteigen.

«Sie haben gehört, dass ein weiterer Mord geschehen ist. Je eher Sie uns helfen, desto früher werden wir den Täter fassen. Muss ich Sie vorladen lassen, oder werden Sie freiwillig mitkommen?»

Ihr Widerstand war augenblicklich gebrochen. Sie nickte und schaute zu Boden. «Insgeheim habe ich mich geschämt für meine Angst und gehofft, dass Sie mich finden.»

Neuhaus zog sein Telefon hervor und wählte die Nummer von Grabowski. «Frau Majewski ist jetzt bereit, uns den schönen Fremden zu beschreiben. Kannst du versuchen, Thilo Wächter aufzutreiben?»

«Nicht nötig, ich sitze mit ihm im Café Selig an der Genezareth-Kirche.»

«Sehr gut! Ist er nüchtern?»

«Stock! Wir wollten gerade unsere Bestellung aufgeben.»

«Nein, geht rüber ins Mercure und versucht, einen ruhigen Raum zu bekommen. Wir sind gleich da. Ich bringe mein Notebook und das Phantombild-Programm mit.»

«Warum nicht in der Baracke?»

«Grabowski, bitte!»

Im zweiten Stock hatte man ihnen einen kleinen Tagungsraum zugeteilt, der Platz für zwölf Leute geboten hätte, aber Wächter bestand darauf, mit Waltraud Majewski alleine zu arbeiten.

«Er ist sauer auf dich, weil er auf seine mit Käse belegten Baguettes verzichten musste», sagte Grabowski, als sie jetzt vor dem Fahrstuhl standen.

«Ich kann auch hier was zu essen bestellen.»

«Das wäre für ihn kein Ersatz. Er meint, die im Selig sind die besten. Das Baguette hat die richtige Porung und der Käse immer den richtigen Reifegrad.

«Kann es sein, dass er eine kleine Meise hat?», fragte Neuhaus.

Grabowski grinste. «Nein, im Gegenteil: Bis auf seine Sauferei ist er kerngesund, und er hat einen wirklich guten Geschmack. Komm, wir nehmen die Treppe. Setzen wir uns wieder an den Rauchtisch im Foyer?»

Sie bestellten jeder einen frisch gepressten Orangensaft, warteten, bis er kam, und schwiegen, bis sie ihn getrunken hatten.

«Hast du schon in die Zeitungen geschaut?», fragte er.

«Ja. Und Radio gehört und Fernsehnachrichten gesehen. Der Druck wächst. Zum Glück hält uns Günther noch den Rücken frei. Ich möchte gerade nicht mit ihm tauschen. Die Ergebnisse der Ballistik und der Obduktion liegen inzwischen vor.»

«Du warst schon in der Baracke?», fragte er erstaunt.

«Ja. Nuray Arslan wurde tatsächlich mit derselben Waffe getötet. Es gibt keinen Grund mehr, daran zu zweifeln, dass es derselbe Täter wie bei David Schuster war. Warte …!»

Grabowski ging zu einer Säule, an der ein leise laufender Fernseher hing. Auf «Phoenix» wurde Nikolas Junker interviewt.

Nach zwei Minuten kam sie zurück. Obwohl ihre Stimme ruhig blieb, merkte Neuhaus, wie wütend sie war.

«Er hetzt gegen Neukölln, er hetzt gegen Berlin und die Kanzlerin. Er schimpft auf die Horden von Unbehausten, die man ins Land gelassen hat. Ich verstehe nicht, warum man solchen Leuten überhaupt ein Forum bietet. Der Typ riecht einfach nur nach Schwefel.»

«Gut», sagte Neuhaus. «Was ist mit dem Bekennerschreiben?»

«Selbes Papier, selber Drucker.»

«Sonst?»

«Beide standen halt mit absurd vielen Leuten in Kontakt. Es wird Wochen dauern, die alle zu überprüfen. Wir können froh sein, dass wir das nicht alles selbst machen müssen. Aber es braucht Geduld mit den Kollegen, die jetzt Klinken putzen.»

«Ich bin mir nicht sicher, ob es das ist, was ich habe: Geduld. Wenn die Morde in diesem Takt weitergehen ...» Er gab sich einen Ruck. «Wir müssen uns jetzt auf das konzentrieren, was im Namen von Anis Amri geschieht ... Apropos Geduld, ich gehe mal Wächter fragen, wie es läuft.»

«Das wirst du nicht, Neuhaus. Du wirst ihn jetzt nicht nerven!»

«Doch, genau das werde ich. Sonst platze ich.»

Sie ließ die Schultern sinken und sah ihn resigniert an.

Er klopfte an die Tür des Tagungsraums und rief Thilo Wächter auf den Gang.

«Sie ist gut, aber sie ist kein Super-Recognizer.»

«Willst du mir das erklären?», fragte Neuhaus.

«Super-Recognizer sind Leute wie ich. Wir erkennen Gesichter wieder, die wir vorher nur kurz oder undeutlich gesehen haben. Und wir können uns lange an sie erinnern, selbst wenn sie inzwischen Jahre älter geworden sind und sich stark verändert haben. Nie davon gehört?»

«Nein.»

«Dann solltest du mal wieder an einer Fortbildung teilnehmen. Man geht davon aus, dass ein bis zwei Prozent der Bevölkerung diese Fähigkeit besitzt. Die Londoner Metropolitan Police hat schon vor Jahren eine Spezialeinheit gegründet, die aus solchen Menschen besteht. Sie schauen sich Fotos und Videos aus Überwachungskameras an, die ja meist eine miserable Qualität haben und bei denen selbst eine gute biometrische Software versagt. Die Aufklärungsquote der Einheit ist enorm. Ich habe zigmal angeregt, bei uns ebenfalls eine solche Abteilung zu gründen. Unser Hirn ist halt immer noch besser als die besten Computer.»

Neuhaus räusperte sich. «Was ich eigentlich wissen wollte: Wie lange brauchst du noch mit Frau Majewski?»

«Wollt ihr ein verlässliches Bild oder wollt ihr Pfusch?»

Neuhaus hob zur Beschwichtigung beide Hände.

«Anders als zu dir hat sie zu mir Vertrauen», sagte Wächter. «Wir kommen gut miteinander klar. Also bau jetzt keinen Druck auf. Das würde alles zerstören. Wenn du nichts anderes zu tun hast, geh uns im Café Selig ein paar Käsebaguettes holen.»

Er öffnete die Tür und rief in den Raum: «Frau Majewski, kennen Sie die Sandwichs aus dem Selig? Ich nehme zwei mit Brie de Meaux und zwei mit Époisses.»

«Und ob ich die kenne! Aber die sind ziemlich teuer.»

«Das macht nichts, wir sind eingeladen.»

«Für mich reicht jeweils eins.»

«Kannst du dir das merken?», fragte Wächter grinsend.

Neuhaus nickte.

Im Foyer nahm er auch Grabowskis Bestellung auf, dann trottete er los. Er drückte seine Hörer in die Ohren, zog sie aber gleich wieder heraus. Er brauchte jetzt keine Musik. Er brauchte Ruhe.

Das Selig war gut besucht, und er musste lange warten, bis er seinen Beutel mit den zehn Baguettes bekam.

«Das macht dann 75 Euro», sagte die Frau an der Kasse.

Neuhaus hob ungläubig die Brauen, kramte rasch in seiner Brieftasche und hoffte, dass man ihm seine Verblüffung nicht ansah.

Zurück im Hotel, merkte er, dass er fast eine Stunde unterwegs gewesen war. «Komm, wir gehen hoch», sagte er zu Grabowski. «Und diesmal fragst *du*, wie weit die beiden sind.»

Thilo Wächter lächelte ihnen entgegen. «Fertig! Aber erst wird gegessen.»

Es bereitete ihm sichtlich Freude, die Geduld seiner ehemaligen Kollegen zu strapazieren.

Auf einem Rollwagen stand ein Stapel sauberer Teller. Grabowski verteilte vier davon auf dem Tisch, bevor sie sich über ihre Mahlzeit hermachten.

«Wirklich phantastisch», sagte Neuhaus, als er aufgegessen hatte. «Die Porung des Brotes und der Reifegrad vom Käse sind genau richtig.»

Wächter sah ihn irritiert an. Dann lachte er zustimmend. «Die restlichen beiden hebe ich mir gerne für heute Abend auf.»

«Also?», fragte Neuhaus, als sie fertig gegessen und Frau Majewski verabschiedet hatten.

«Den Mann, den sie mir beschrieben hat, kenne ich», sagte Wächter. «Nicht persönlich, aber ich habe ihn auf Fotos gesehen. Leider ist mein Gedächtnis für Namen nicht annähernd so gut wie das für Gesichter.»

«Wo hast du Fotos von dem Mann gesehen?» Grabowski war anzumerken, dass sie sich kaum beherrschen konnte.

«Ihr seid nicht die Einzigen, die mich wiederbeleben, wenn es um Porträts geht. Beim Verfassungsschutz in der Klosterstraße ist neulich im Büro einer ehemaligen Mitarbeiterin ein Karton gefunden worden, voll mit ausgedruckten Fotos und Überwachungsberichten zum Fall Anis Amri. Die Frau hatte den Auftrag, das Material auszuwerten. Könnt ihr euch das vorstellen?»

Grabowski sah zuerst Neuhaus, dann Thilo Wächter an: «Los, dann mach! Zeig uns endlich euer Phantombild!»

Neuhaus legte seine Hand auf ihren Arm und ließ sie dort ruhen.

«Nein, wartet! Ich erzähle weiter», sagte Wächter. «Bevor sie die Kiste öffnen konnte, ist die Mitarbeiterin dauerhaft krank geworden. Inzwischen hat man sie pensioniert. Aber erst jetzt hat irgendwer sich bequemt, in diesen Karton zu schauen. Ist das nicht unglaublich? Die meisten Fotos waren nicht mal datiert und beschriftet. Also hat man mich geholt, um sie mit anderen Aufnahmen zu vergleichen. Die Bilder zeigen Amri, manchmal alleine, oft auch mit anderen jungen Männern im Kleinen und Großen Tiergarten, in der Hasenheide, im Görlitzer Park, am Kottbusser Tor, in Shisha-Bars und in allen möglichen U-Bahn-Stationen.»

«Dann sind sie wahrscheinlich im Auftrag der Drogenfahndung entstanden.»

Wächter nickte. «Ich konnte feststellen, dass die meisten Fotos in dem Karton aus dem Frühjahr und Sommer 2016 stammten.»

«Die meisten?»

«Ja, danach wurde die Überwachung Amris offensichtlich weitgehend eingestellt.»

«Das ist richtig. Und auf einigen dieser Fotos ist auch euer Phantombild zu sehen?», hakte Neuhaus nach.

«Auf gar nicht so wenigen.»

«Hat man dir in der Klosterstraße zufällig den Namen des Mannes gesagt?»

«Ja, aber wie gesagt, ich habe ihn vergessen.»

«Kann es sein, dass er Philippe Boudia heißt?»

Wächter schlug mit der Faust auf den Tisch: «Treffer, Herr Kollege!»

«Warum hast du gesagt, die Überwachung wurde *weitgehend* eingestellt?»

«Weil auch aus der Zeit danach noch einige Fotos existieren, die Amri und Boudia gemeinsam zeigen.»

«Alle aus dem Drogenmilieu?»

«Keineswegs. Plötzlich taucht Boudia neben irgendwelchen Salafisten auf einer Beerdigung oder in einem Imbiss auf. Wir sehen ihn an einem Infostand und schließlich, wie er mit Amri die Fussilet-Moschee betritt.»

«Heißt, er hat sich radikalisiert?»

«Die Schlüsse müsst ihr ziehen. Aber was soll es sonst heißen?»

«Und du denkst, das haben alle gewusst, aber keiner hat gehandelt? Wie bei Amri selbst ja auch.»

«Nein, das denke ich ausdrücklich nicht. Ich denke, es haben *einige* gewusst und den anderen nicht mitgeteilt. Der Austausch der Dienste in dieser Geschichte war eine einzige Katastrophe.»

Neuhaus wurde hellhörig. «Der Überfall auf die Novoline-Bar in der Hertastraße?»

«Was willst du wissen?»

«Gibt es Fotos? War Boudia dabei?»

«Ja und ja!»

«Der Massagesalon im Parterre schräg gegenüber?»

«Scheint ein Verdachtsort gewesen zu sein. Aber es existieren nur Außenaufnahmen.»

«Keine Vernehmungsprotokolle mit den beiden Prostituierten?»

«Nicht, dass ich mich erinnere», antwortete Thilo

Wächter. «Aber dass die Unterlagen in dem Karton nicht ausgewertet wurden, muss keineswegs bedeuten, dass man sie nicht manipuliert hat. Die Löcher in den Archiven sind so groß wie in einem billigen Maasdamer.»

Er nahm die Tüte mit den restlichen Baguettes und erhob sich. «Wenn ihr mich jetzt bitte entschuldigen würdet? Ich habe heute noch eine Verabredung.»

Er grinste sie an und verschwand aus der Tür.

Neuhaus und Grabowski saßen einen Augenblick schweigend da.

«Guter Typ», sagte Neuhaus.

Sie nickte.

«Wissen wir, wo Philippe Boudia gemeldet ist?»

«Ja», sagte Grabowski, «ich habe gerade ins System geschaut: im Riedemannweg in Charlottenburg-Nord.»

«Dann fahren wir jetzt dorthin.»

SIEBZEHN

«Egal, was dein Navi sagt, bleib auf der A 100, sonst geraten wir in die Baustelle! Siehst du da drüben, das ist der Berliner Großmarkt. Jetzt nimmst du die Ausfahrt Beusselstraße, dann zweimal links auf den Olbricht-Damm.»

«Und was haben wir da?»

«Hier ist alles Plötzensee, das Gefängnis, die Jugendstrafanstalt, die Jugendarrestanstalt. Das ganze Viertel ist Knast, Knast, Knast.»

«Du kennst dich gut aus.» Er warf ihr einen zu langen Blick aus dem Augenwinkel zu.

«Copland nennen die Gegend hier manche. Sie ist für jeden Berliner Polizisten vertrautes Gelände. Auch weil viele Kollegen rund um die JVA ihre Kleingärten haben.»

«Ja», sagte Neuhaus. «Wir suchen wohl immer die Nähe zu unserer Kundschaft.»

«Warst du mal in der Gedenkstätte Plötzensee?», fragte Grabowski.

Neuhaus verneinte.

«Unter den Nazis war das Gefängnis einer der zentralen Hinrichtungsorte. Hier hat der Scharfrichter Wilhelm Röttger aus Hannover-Ricklingen gewirkt. Er war bekannt dafür, dass er im Minutentakt töten konnte –

und das bis zur Erschöpfung. Wahrscheinlich war er der effektivste Killer der deutschen Kriminalgeschichte.»

«Dessen Namen aber niemand kennt.»

«Fast niemand. Was aber auch wieder etwas heißt. Man kennt die Namen Goebbels, Göring, Keitel, Schirach, Streicher, Hess und Himmler. Und man kennt die Männer des 20. Juli, die man hier getötet hat, die zumeist selbst Nazis waren. Nazis, die kurz vor Toresschluss Angst um ihren Ruf und um ihre Zukunft hatten.»

«Pass auf, was du sagst, Grabowski! Schließlich werden sie wie Heilige verehrt.»

Aber sie geriet erst richtig in Fahrt: «Churchill meinte nach dem missglückten Attentat auf Hitler, es handele sich um Ausrottungskämpfe unter den Würdenträgern des Dritten Reiches.»

«Kann es sein, dass in Berlin die Vergangenheit näher ist als an anderen Orten?»

«Das kannst du laut sagen. Hier siehst du in vielen Mauern noch die Einschusslöcher. Und man meint, das Knallen der Stiefel auf dem Pflaster zu hören. Die ganze Stadt ist bis in den letzten Winkel mit Folter und Tod imprägniert. Aber erst wenn wir das vergessen, wird es wirklich gefährlich.»

Als sie die Adresse erreicht hatten, standen sie nicht vor einem Wohngebäude, sondern vor dem offenen Gittertor eines langgestreckten, alten Garagenhofes. Rechts vom Eingang befand sich eine Art Pförtnerhäuschen mit der Aufschrift «Fa. Gräulich – Einlagerungen aller Art».

Ein winziger dünner Mann in einem zu großen Kittel und einer zu langen schwarzen Hose, die um seine Beine schlotterte, lief mit einem großen Schlüsselbund über das Gelände.

«Hallo! Dürfen wir reinkommen?», rief Neuhaus.

Als keine Antwort kam, wiederholte er seine Frage, nun noch etwas lauter.

Grabowski hob die Brauen und schaute ihren Kollegen an. «Was soll das, warum reagiert das Männlein nicht auf uns?»

Am Ende des Hofes verschwand der Mann in einem Schuppen und kam kurz darauf wieder heraus, jetzt einen Werkzeugkasten in der Hand. Er schlich mehr, als dass er lief.

«Alles belegt», sagte er, als er bei seinen Besuchern ankam, und sah, den Kopf in den Nacken gelegt, abwechselnd Grabowski und Neuhaus an. «Ich muss Ihre Münder sehen, wenn Sie mit mir sprechen. Ich höre nichts.»

Sein schütteres Haar war braun gefärbt, zeigte aber an den Haarwurzeln einen Orangeton.

Die beiden zogen fast gleichzeitig ihre Ausweise. Das Männlein nickte und bat sie in sein Büro, das offensichtlich auch seine Wohnung war. Am hinteren Ende stand ein Bett, daneben eine Spüle und ein zweiflammiger Gaskocher. An der Wand hing ein Käfig mit einem Kanarienvogel, darüber ein alter Pirelli-Kalender mit der Rückenansicht einer nackten schwarzen Frau.

«Sind Sie Herr Gräulich? Gehört Ihnen dieses Grundstück?»

«Seit meine Eltern tot sind. Sonst habe ich nichts.»

«Wo können wir Philippe Boudia finden?»

«Woher soll ich das wissen?»

«Immerhin ist er hier gemeldet.»

Der Mann lächelte. «Im Riedemannweg, bei mir? Das wusste ich nicht, aber er hat manchmal in seiner Garage übernachtet.»

«Sie vermieten die Garagen als Wohnraum?»

«Natürlich nicht. Ich vermiete sie vor allem als Lagerplatz. Manche wollen nur einige Kartons oder ein altes Sofa unterstellen. Aber es gibt auch welche, die haben die ganze Garage gemietet. Wenn sie zahlen, ist es mir egal, was sie dort machen. Sie bekommen einen Schlüssel fürs Tor und können kommen und gehen, wann sie wollen.»

«Ist das Gelände manchmal unbeaufsichtigt?»

«Wenn ich meine Einkäufe mache. Wenn ich in die Kirche gehe. Und wenn ich schlafe.»

«Seit wann ist Boudia Ihr Mieter?»

«Seit Juli. Die Nummer 17 war gerade wieder frei geworden. Er hat für drei Monate im Voraus gezahlt.»

«War er oft hier?»

«Kann man so sagen!»

«Wann haben Sie ihn zuletzt gesehen?»

«Vor ein, zwei Wochen.»

«Ein bisschen genauer, bitte!»

«Vor neun Tagen.»

«Also ein relativ langer Zeitraum, in dem er nicht aufgetaucht ist?»

«Kann man so sagen!»

«Seine Sachen sind noch hier?»

«Ich habe nicht nachgeschaut.»

«Dann werden wir das jetzt gemeinsam mit Ihrer Hilfe nachholen.»

«Zeigen Sie mir Ihren Durchsuchungsbeschluss!»

«Den liefern wir nach.»

«Ganz gewiss werde ich nicht unbefugt in die Räume eines meiner Mieter eindringen. Kommen Sie wieder, wenn Sie den Beschluss haben.»

Das Männlein zeigte auf die Tür, zum Zeichen, dass es nichts mehr zu sagen gab.

«Der Mann hat recht», sagte Grabowski. «Wir brauchen einen Beschluss zur Durchsuchung von Boudias Garage, einen zur Observierung des Geländes und am besten gleich einen Haftbefehl. Das heißt, wir kommen jetzt nicht mehr weiter mit unserer Geheimhaltung. Wir müssen Günther Jeschke und die Staatsanwaltschaft in die Ermittlungen einbeziehen. Möglicherweise brauchen wir auch eine Öffentlichkeitsfahndung.»

Sie saßen in einem kleinen thailändischen Restaurant auf der Sonnenallee, hatten ihre Nudelsuppe aufgegessen und warteten auf ihren Espresso.

«Was ist?», fragte Grabowski. «Du schweigst. Warum gibst du mir nicht einfach recht?»

«Weil ich mir nicht sicher bin, ob das schlau wäre. Wenn er unser Täter ist, wird er nicht mehr dort auftauchen, wo er gemeldet ist. Das Männlein hat uns durch die Blume mitgeteilt, wann wir uns die Garage auch ohne Durchsuchungsbeschluss anschauen könnten. Und ohne große Gefahr, entdeckt zu werden.»

«Du willst dort einbrechen? Du weißt, dass ich dich nach diesem Vorschlag melden müsste.»

«Das weiß ich. Und ich schlage es nur vor, weil ich mir sicher bin, dass du es nicht tust.»

Ihre Blicke trafen sich.

«Genau das stört mich gewaltig», sagte sie. «Also, sei dir bitte nicht *zu* sicher!»

«Außerdem bezweifle ich, dass uns ein Ermittlungsrichter all diese Beschlüsse geben würde. Bislang haben wir nichts gegen Boudia in der Hand. Wir wissen, dass er mit Anis Amri befreundet war und dass er wahrscheinlich der schöne Fremde ist, den David Schuster getroffen hat.»

«Da fällt mir ein, die Rechtsmedizin hat bei der Obduktion einen Zettel im Socken von Schuster gefunden, den sie uns jetzt nachgereicht haben. Es handelt sich um einen Kassenbon vom Rewe-Markt am Kottbusser Tor. Auf der Rückseite ist eine Reihe Zahlen notiert, bei der es sich um eine Telefonnummer handeln dürfte.»

«Hast du den Zettel dabei?»

«Natürlich nicht. Das Original muss von der Kriminaltechnik untersucht werden. Aber ich hab dir eine Kopie gemacht.»

Neuhaus schaute sich zuerst die handgeschriebenen Zahlen an, dann die Vorderseite der Kaufquittung. Sein Blick fiel auf das Datum.

«Das könnte passen. Wenn wir Glück haben, hat er sich

bei seiner Verabredung mit dem schönen Fremden dessen Nummer notiert.»

«Aber warum muss er die ausgerechnet in seinem Socken verstecken?»

«Vielleicht handelt es sich gar nicht um ein Versteck. Er wollte den Zettel nur nicht verlieren. Ich mach das auch manchmal so.»

Sie sah ihn amüsiert an.

«Ja», beharrte er, «wenn ich keine Jacke mit verschließbaren Taschen anhabe und keine Lust, mein schweres Portemonnaie mitzunehmen, stecke ich mir vor dem Einkauf einen 20- oder 50-Euro-Schein in den Socken. Da ist er jedenfalls sicherer als in den Hosentaschen.»

Grabowski schaute auf ihr Smartphone, wo gerade eine Nachricht eingegangen war. Dann fasste sie Neuhaus' Arm.

«Vergiss vorerst alles, was wir gerade besprochen haben», sagte sie. «Es gibt einen weiteren Toten. Wir werden in den Spreepark gerufen.»

Sie warfen ihre Zeche auf den Tresen und sprinteten zu Neuhaus' Wagen.

«Was ist der Spreepark? Hilf mir, Grabowski!»

«Okay. Von 1969 bis 1990 war es für gut zwanzig Jahre der größte Rummelplatz der DDR. Ein Gelände zwischen Plänterwald und Spree – mit Riesenrad, Karussells, Bratwurstbuden, Remmidemmi und in jedem Jahr 1,7 Millionen Besuchern. Nach der Wende wird es abenteuerlich. Ein Schausteller namens Wolfgang Ritter bekommt den Zuschlag als neuer Betreiber. Das Land Berlin unterstützt ihn mit Millionenbeträgen und scheint nicht zu ahnen, wen es sich da an Bord geholt hat. Im Lauf des nächsten Jahrzehnts wird viel in neue Attraktionen investiert, dennoch sinken die Besucherzahlen immer weiter.»

«Was ist, Grabowski? Hast du Wikipedia auswendig gelernt?»

«Darf ich weiterreden?»

«Mach!»

«Als Ritter pleite ist, beginnt er, die Anlagen zu demontieren und nach Peru zu verschiffen, wohin er sich mit seiner Familie absetzt. Auch dort versucht er es noch einmal mit einem Vergnügungspark, geht aber erneut bankrott. Um den Rücktransport der Anlagen zu finanzieren, wollen er und sein Sohn fast 170 Kilo Kokain nach Deutschland verschiffen. Sie fliegen auf, der Sohn wird in Peru zu zwanzig Jahren Gefängnis verurteilt, Wolfgang Ritter zu sieben Jahren in Berlin.»

«Grabowski, du sollst mir nicht das Leben dieses Ganoven erzählen, ich will wissen ...»

«Warte, verdammt! Ritter konnte die Leute besoffen reden. Seine Geschichte gehört zum Spreepark dazu und vor allem zu dessen Ende. Und das Kuriose ist: Schon Ritters Großvater war Schausteller und Hochstapler. Er hat sein Leben damit bestritten, dass er über die Jahrmärkte gezogen ist und erzählt hat, für fünf Tage der König von Albanien gewesen zu sein, was sogar auf seinem Grabstein auf dem Ohlsdorfer Friedhof steht.»

«Und weiter?», fragte Neuhaus. Langsam hatte er genug von den ganzen Berlin-Geschichten. Ging hier nicht mal irgendetwas ohne Geschichte?

«Nachdem Ritter sich aus dem Staub gemacht hatte, verfielen die verbliebenen Anlagen über die Jahre, und die Natur hat sich das Gelände zurückerobert. Aber irgendwann entdeckte jemand die Schönheit dieser Verwilderung. Immerhin gab es noch das Riesenrad und ein Karussell, es gab die großen Dinosaurierfiguren, die Boote mit den Schwanenköpfen und das riesige Monstermaul der Achterbahn. Also fing man an, die Sachen zu restaurieren. Inzwischen finden hier wieder Veranstaltungen statt, es gibt Führungen, und mit dem Tassenkarussell kann man schon wieder fahren ... Und jetzt gibt es einen Toten.»

Nach einer Pause sagte er: «Weißt du was, Grabowski?»

«Was?» Sie blickte ihn durch ihre dicken Brillengläser an.

«Was dein Gedächtnis betrifft, bist du ein Elefant.»

Von der Neuen Krugallee bogen sie ab auf den Dammweg, fuhren über die lange, gerade Straße durch den Wald auf den Spreepark zu und parkten in der Nähe des Eingangs. Sie bahnten sich einen Weg durch die Gruppen von Schaulustigen und Kamerateams, zeigten ihre Ausweise und wurden durchgelassen. Der Kollege vom LKA, der sie am Riesenrad empfing, hieß Moreno und ließ sich wie Neuhaus nur mit seinem Nachnamen ansprechen.

«Am letzten Samstag hat hier ein Tag der offenen Tür stattgefunden. Die Besucher konnten sich den Park ansehen, es gab Musik und Popcorn, Kaffee und Kuchen. Auch das alte Riesenrad war wieder in Gang gebracht. In die Gondeln setzen durfte sich noch niemand; die werden gerade auf ihre Sicherheit überprüft und müssen danach vom TÜV abgenommen werden.»

Neuhaus und Grabowski sahen sich fragend an.

«Ach so, ja», erklärte Moreno. «Der Tote liegt in einer dieser Gondeln. Die Handwerker, die heute Morgen hier waren, haben ihn entdeckt. Inzwischen haben wir bereits die gesamte Hauptstadtpresse auf dem Hals.»

Sie warfen einen kurzen Blick auf den Leichnam, dem man ansah, dass er bereits mehrere Tage im Freien lag.

«Wieder ein Schuss in den Hinterkopf. Wieder dasselbe Bekennerschreiben.»

«Weiß man, wer er ist? War er Muslim, Jude, schwul?», fragte Grabowski.

Über Morenos Gesicht huschte ein erstauntes Lächeln. «Ihr habt keine Nachrichten abgerufen in der letzten Stunde. Es läuft bereits über alle Kanäle. Sein Name ist Oskar-Maria Prechtl. Er war katholisch, Mitglied bei den Christlich-Sozialen seit seiner Jugend, verheiratet, vier Kinder und parlamentarischer Staatssekretär im Innenministerium.»

«Ist es der Mann, der seit letztem Samstag vermisst wird?», fragte Neuhaus.

«Genau der.»

«Das heißt, er könnte seitdem bereits tot sein?»

«Der Arzt, der ihn sich angesehen hat, meint, dass es möglich wäre. Alle zwei Wochen ist Prechtl übers Wochenende zu seiner Familie nach Bamberg gefahren. Den Rest der Zeit hat er in Berlin verbracht. Er hatte ein Apartment in Mitte, in der Marienburger Straße. In all seinen Wahlkämpfen hat er den Supersaubermann gegeben, hat sich gerne in fränkischer Tracht samt Frau und Kindern fotografieren lassen.»

«Wie es sich für einen bayerischen Politiker gehört.»

«Hinter vorgehaltener Hand, aber gar nicht so leise, sagt man ihm einige Affären in der Hauptstadt nach. Unter anderem hatte er ein festes Verhältnis mit einer sehr viel jüngeren Mitarbeiterin, was im Ministerium scheinbar alle wussten. Und auch, dass die Frau schwanger von ihm war, hatte sich herumgesprochen. Sie hat eine Wohnung direkt neben seiner gemietet. Sie war es, die uns schon letzten Montag über sein Verschwinden informiert hat.»

«Ich verstehe gar nichts», sagte Grabowski. «Die Ergebnisse von Rechtsmedizin und Spurensicherung werden wir zur Kenntnis nehmen. Aber was haben diese drei Morde sonst miteinander zu tun, außer, dass sie wahrscheinlich vom selben Täter begangen wurden? Kann es irgendein gemeinsames Motiv geben, drei so unterschiedliche Menschen zu töten und dann so zu tun, als würde dadurch Anis Amri gerächt oder geehrt?»

„Prechtl war ein harter Hund. Einerseits hat er in Talkshows scharf gegen die Aufnahme weiterer Flüchtlinge gewettert, andererseits hat er bei jeder Gelegenheit ‹Die Aufrechten› attackiert. Rechts von ihm sollte es nichts geben. Und damit war er ziemlich erfolgreich.»

«Hat man Prechtls Geliebter bereits seinen Tod mitgeteilt?», fragte Neuhaus.

Moreno räusperte sich. «Wir dachten, dass ihr das vielleicht übernehmen wollt.»

Die Augen der jungen Frau waren gerötet. Sie strich sich über den Bauch. Dass ihr Chef und Liebhaber tot war, hatte sie aus den Nachrichten erfahren.

«Es gibt eine gemeinsame Dachterrasse der Hausbewohner», sagte sie. «Dort sind wir um diese Zeit ungestört.»

«Sie erwarten ein Kind von ihm?», fragte Grabowski.

Hanna Gebauer schnäuzte in ihr Taschentuch. «Ja. Und jetzt wird es ohne Vater sein.»

«Darf man Ihnen trotzdem gratulieren?» Grabowski sah sie mitfühlend an.

«Natürlich», antwortete sie, ohne zu zögern. «Wissen Sie, ich habe nichts Gutes geahnt. Er war nervös in den Tagen, bevor er verschwand.»

«Was hat ihn beunruhigt?»

«Es hat Anrufe gegeben, bei denen er ins Nebenzimmer ging, was er sonst nicht einmal tat, wenn er mit seiner Frau telefonierte. Er war manchmal nicht sehr rücksichtsvoll. Ich glaube, dass er unter Druck gesetzt wurde.»

«Wegen seiner Beziehung zu Ihnen?»

Frau Gebauer zuckte mit den Schultern, deutete aber mit einer Kopfbewegung an, dass sie das glaubte.

«Wussten viele von Ihrem Verhältnis?»

«Letztlich waren es wohl nicht so wenige. Jedenfalls in Berlin. In seiner Heimat hielt man still. Was seine Frau ahnte, weiß ich nicht. Darüber mochte er nicht sprechen; er wollte, dass wir das auseinanderhalten.»

«Und Sie haben das akzeptiert?»

Sie zögerte einen Augenblick zu lange. «Jedenfalls habe ich mich damit arrangiert.»

«Wissen Sie, ob er noch mit anderen Frauen verkehrte?»

Hanna Gebauer schnappte zu. «Was soll das heißen?» Dann brach sie in Tränen aus.

«Wer wird jetzt für den Unterhalt meines Kindes aufkommen?», fragte sie nach einer Weile.

Grabowski und Neuhaus wechselten einen kurzen Blick.

«Soweit wir informiert sind, haben Sie eine gut bezahlte Stelle im Innenministerium.»

«Er war vermögend. Seine Eltern haben ihm einen großen Schlachtbetrieb und eine Brauerei mit drei Gasthäusern hinterlassen, vor denen jedes Wochenende die Touristenbusse Schlange stehen.»

«Sie wissen, wie er in seiner Heimat gelebt hat?»

«Ich habe es mir angesehen. Sein Haus, seine Frau, die Kinder. Heimlich natürlich. Niemals hätte er mich dorthin mitgenommen. Ich bin nach Bamberg gefahren und habe mir ein Hotelzimmer gesucht. Mein Taxi habe ich gegenüber von seinem Haus parken lassen. Ich habe sie aus dem Dom kommen sehen und wie sie an der Regnitz spazieren und hinterher Kuchen essen gegangen sind. So hätte ich mit ihm leben wollen. Genau so: im Biergarten sitzen, vor dem Eiscafé, lachend in der Sonne, unbeschwert.»

«Aber haben Sie ihn auch geliebt?», fragte Neuhaus.

Es war die Überraschungsfrage, die nach jedem Handbuch der Vernehmungstechnik jetzt gestellt werden musste. Neuhaus sah die Verwunderung in Grabowskis Gesicht, dass er ihr zuvorgekommen war. Aber Hanna Gebauer ging nicht darauf ein.

«Wir nehmen an, dass er letzten Samstag getötet wurde. Wissen Sie, ob er den Tag der offenen Tür im Spreepark besuchen wollte? Ob er dort vielleicht verabredet war?»

«Er kam und ging, wann er wollte. Er lehnte es ab, sich zu erklären. Aber …»

«Aber was?», hakte Grabowski nach.

«Aber es kann doch nicht sein, dass mein Kind jetzt leer ausgeht. Oder, was meinen Sie?»

Grabowski gab sich Mühe, sachlich zu reagieren. «Wenn es Ihnen um Geld geht, wäre es wahrscheinlich klug, Sie würden sich einen Anwalt nehmen.»

«Ja», sagte Hanna Gebauer und schaute fast versonnen in den nun verhangenen Septemberhimmel, wo die Vögel sich vor den Fassaden der Häuser gegen den Wind stemmten oder sich willenlos von ihm treiben ließen. «Ja, das habe ich auch schon gedacht.»

Neuhaus merkte, wie Grabowski druckste. Sie waren auf dem Rückweg in die Hermannstraße.

«Was ist?», fragte er. «Sag, was du sagen willst!»

«Meine Eltern wollen wissen, ob du Lust hast, nachher mit uns zu essen.»

Er sah, dass sie errötete.

«Ich geb's nur weiter. Du musst natürlich nicht …»

«Aber sie kennen mich doch gar nicht», sagte er.

«Ich habe ihnen von dir erzählt. Dass wir zusammenarbeiten, dass du beim BKA bist und hier im Hotel wohnst, solche Sachen.»

«Und wieso laden sie mich ein?»

«Einfach so. Sie denken, dass du in Berlin niemanden kennst und abends allein bist. Sie wollen sich kümmern. Und sie mögen es, wenn ich Gäste mitbringe. Aber falls es dir unangenehm ist, kein Problem. Ich kann ihnen sagen, dass du keine Zeit hast ...»

«Wieso sollte ich nicht wollen? Richte ihnen aus, dass ich überrascht bin und gerne komme.»

Sie wirkte erstaunt.

«Gut», sagte sie. Und dann: «Ach, noch etwas: deine Geschichte mit der Brasilianerin in der Ringbahnstraße.»

«Was ist damit?» Er horchte auf.

«Du sagst, dass man versucht hat, Günther Jeschke gemeinsam mit der Frau und ihrem Baby in die Luft zu jagen.»

«Und?»

«Ich habe lange darüber nachgedacht. Letztlich wärest aber du es gewesen, der auf dem Beifahrersitz gesessen hätte, nicht er ...»

Sie sah ihn aufmerksam an.

«Danke», sagte er. «Ich wollte, dass du es bist, die das ausspricht. Und jetzt verstehst du vielleicht auch, warum ich möchte, dass wir vorsichtig mit den Ergebnissen unserer Ermittlungen umgehen.»

ACHTZEHN

Naresh Khan war der Enkel indischer Großeltern, die in Wiesbaden-Erbenheim ein Restaurant namens Himalaya-Laternchen betrieben hatten. Er verstand weder Hindi noch Bengalisch und auch keine der anderen Sprachen aus dem Land seiner Vorfahren. Er wusste wenig über die dortige Kultur, nichts über die Religionen und war nie in Indien gewesen, mochte aber die Küche sämtlicher Landesteile.

Er war ein junger hessischer Polizist, schmal, großgewachsen, mit bronzefarbenem Teint und blauschwarzem Haar. Hatte Informatik studiert, nebenbei in der Werkstatt eines Elektronik-Supermarktes gearbeitet und sich so sein Studium finanziert. Als man seine IT-Talente erkannte, wurde er rasch vom Präsidium Westhessen ins Bundeskriminalamt versetzt. Dort hatten Neuhaus und er sich kennengelernt.

Bald wurde Naresh Khan von der Großindustrie umworben. Ihm wurde zuerst das Doppelte, dann das Fünf- und schließlich das Zehnfache seines Beamtengehaltes geboten. Er lehnte eine neue Festanstellung ab, verließ aber die Polizei und machte sich selbständig. Wer den höchsten Tagessatz und die höchsten Spesen zahlte, für den arbeitete er. Er baute Firewalls für seine Kunden und knackte die ihrer Konkurrenten. Er bewegte sich im Netz, als gäbe es weder IP-Adressen noch Verschlüsselungen, keine Passwörter und keine VPN-Dienste. Den Haufen Geld, den er in nur einem Jahr verdient hatte, investierte er in Aktien, wurde noch reicher und verzockte binnen kurzem alles wieder. Reumütig kehrte er zur Polizei zurück.

«Waren wir nicht mal so was wie Freunde?», fragte Naresh jetzt, als er Neuhaus am Telefon hatte. «Was soll ich für dich tun? Du meldest dich nur, wenn du etwas von mir willst.»

Neuhaus kam direkt zum Punkt: «Würdest du für mich nach Berlin kommen? Ich arbeite im Moment ...»

«Für die SETA, ich weiß. Um das zu tun, was ich kann, muss ich nicht an einem bestimmten Ort sein. Wer macht die IT-Arbeit bei euch?»

«Kennst du Ansgar Schindler?»

«Klar, Ansgar, der finstere Riese. Er ist gut, aber nicht einer der Besten.»

«Ich kann dir mein Anliegen nicht am Telefon erklären. Also, würdest du kommen?»

«Ich bin in Berlin.»

«Du bist ...?»

«Ich nehme an einem internationalen Hackerkongress teil. Sozusagen eine Weiterbildungsmaßnahme. Es sind die absoluten Cracks aus der ganzen Welt versammelt.»

«Können wir uns heute Abend noch sehen?»

«Neuhaus, diese Nerds sind alle Nachtarbeiter. Sie

stehen irgendwann am Nachmittag auf, kommen zwei Stunden später langsam in Gang und gelangen gegen Mitternacht zu ihrer Hochform.»

«Bitte! Ich brauch dich nicht lange. Ich will dir eine Telefonnummer geben und dir kurz erklären, worum es geht.»

«Wir sind im Congress Center. Um 23 Uhr machen wir eine Pause. Wenn du ein paar Minuten später unter der Weltzeituhr am Alexanderplatz bist, essen wir zusammen eine der schlechtesten Currywürste, die es in Berlin gibt, und du hast eine Viertelstunde, um mir zu verklickern, was ich tun soll.»

Er war frisch rasiert und geduscht, trug sein braunes Jackett, ein weißes Hemd, Jeans und die rahmengenähten Lederschuhe. Er wollte nichts falsch machen. Er war neugierig, kannte aber keine Familienfeiern und fühlte sich deshalb ein wenig unsicher.

Im «Zauberkönig», einem alten Neuköllner Geschäft für Scherzartikel und Zauberbedarf, kaufte er zwei kleine Geschenke für die jüngeren Brüder von Grabowski: ein Holzkästchen, aus dem eine Gummispinne sprang, wenn man es öffnete, und eine Wasserpistole, die zur Seite, statt nach vorne spritzte. Für ihre Mutter war ihm nichts anderes eingefallen, als sich beim nächsten Floristen einen dicken Herbstblumenstrauß binden zu lassen.

Grabowski bekam einen Lachanfall, als sie ihm die Tür öffnete. «Du hast vergessen, dass meine Eltern einen Blumenladen betreiben, oder?»

Neuhaus errötete und kam ins Stottern. Am liebsten wäre er umgekehrt.

«Ja, wirklich, daran hab ich nicht mehr gedacht.»

Hinter ihr erschien Frau Özdal und schob ihre Tochter beiseite. «Man lacht niemanden aus, der zum ersten Mal in unser Haus kommt», sagte sie streng. Dann lächelte sie Neuhaus an: «Der Strauß ist wunderschön. Haben Sie vielen Dank.»

Grabowskis Vater kam aus der Küche. Er hatte eine Schürze umgebunden und hielt Neuhaus sein Handgelenk hin.

«Ich muss mich entschuldigen. Ich stecke noch mitten im Hackfleisch für die Köfte.»

«Wollen die Männer zum Aperitif einen Raki?», fragte Frau Özdal und schaute Neuhaus an. Sie hatte seinen Blick richtig gedeutet. «Keine Angst, ich bin emanzipiert. Ich mag einfach keinen Schnaps. Also, was ist mit Ihnen?»

«Ja, aber wirklich nur einen. Ich treffe mich später noch mit einem Kollegen. Deshalb seien Sie nicht böse, wenn ich irgendwann aufbreche.» Es kam ihm ungeschickt vor, aber er musste es sagen.

«Wir sind ja schon glücklich, dass Sie überhaupt gekommen sind. Unsere Tochter ist nicht sehr freigiebig damit, uns ihre Freunde vorzustellen.»

Langsam wagten sich auch die Zwillinge hervor. Neuhaus gab ihnen ihre Geschenke, die sie wie eine Beute rasch ins Nebenzimmer trugen, wo man sie kichern hörte.

Während Grabowski und ihr Vater das Essen auftrugen, saßen ihre Mutter und Neuhaus bereits am Tisch.

«Unsere Tochter spricht freundlich von Ihnen. Und sie hat eine gute Menschenkenntnis.»

Sie lächelten sich an.

«Aber?», fragte Neuhaus.

«Kein Aber. Suna-Marie sagt, Sie würden sich gerne zurückziehen, Sie seien ein wenig verschlossen.»

Zum ersten Mal hörte er, dass Grabowski nicht bei ihrem Spitznamen genannt wurde. Es gefiel ihm.

«Sie sind ziemlich stolz auf Ihre Tochter», sagte er.

«Oh ja, auch wenn wir keine großen Freunde der deutschen Polizei sind. Immerhin hat sie sich dort nicht verbiegen lassen. Und es stimmt, wir sind stolz auf unsere Kinder.» Das Glitzern in den Augen unterstrich ihre Worte.

«Was ist mit der deutschen Polizei?»

«Mein Mann hat im Westen keine guten Erfahrungen gemacht und ich nicht im Osten.»

Mehr wollte sie offensichtlich nicht erzählen.

Neuhaus merkte, wie er weich wurde. Kurz hatte er den Impuls hinauszurennen. Gleichzeitig fühlte er sich unendlich wohl unter diesen Menschen, die so voller Respekt miteinander umgingen, so liebevoll, vor allem so genau.

Schließlich war der Tisch gedeckt, und auch die Zwillinge fanden sich ein. Neugierig musterten sie den fremden Mann, schauten aber schnell weg, wenn er sie ansah.

Es gab Oliven, gefüllte Weinblätter, gegrillte Auberginen und eine Linsensuppe als Vorspeisen. Danach Börek, Köfte aus Rinderhack und Spieße mit mariniertem Lammfleisch. Und anschließend ein triefendsüßes Baklava, von dem Neuhaus sich zum Wohlgefallen seiner Gastgeber gleich dreimal bediente.

Als alle satt waren, drängten die Brüder in seine Nähe. Er bat sie, ihm zu sagen, was sie am wenigsten mochten. – Computerverbot! Mathe! Manche Mädchen! – Und was am meisten? – Unsere Schwester! Die Polizei! Manche Mädchen!

Sie hingen ihm an den Lippen und wollten es gruselig. Fragten nach seinem gefährlichsten Einsatz, dem Mordopfer, das am schlimmsten zugerichtet war, und nach dem Täter, den er für unheilbar böse hielt.

«Meine Familie kann dich gut leiden», sagte Grabowski.

Beide sahen einander an, lange, fast zu lange, und schlugen dann die Augen nieder.

Alle hatten den Blickwechsel gesehen und schauten jetzt in die Runde.

Neuhaus, um seine Verwirrung zu verbergen, fragte nach der Toilette, blieb aber auf dem Gang kurz stehen und hörte, was gesprochen wurde.

«Und jetzt?», fragte Frau Özdal ihre Tochter.

«Nichts, Mama. Woher soll ich das wissen? Kann sein, dass er und ich mal was ausprobieren müssen. Ist aber eher unwahrscheinlich.»

Die Sonnenallee pulste noch, aber schon als Neuhaus in die Fuldastraße bog, wurde es dunkel und fast menschenleer. Eine alte Frau kramte nach ihrem Hausschlüssel und wandte sich mit einer ruckhaften Bewegung um, als sie seine Schritte hörte. Um ihr die Angst zu nehmen, wechselte er die Seite.

Unter einer Laterne blieb er stehen, scrollte durch die Playlist seines Smartphones und entschied sich für Leonard Cohens «Dance Me to the End of Love».

Der Abend bei Grabowskis Eltern hatte ihn gewärmt und erfüllte ihn zugleich mit Schmerz. Nun verstand er, warum ein Mensch so werden konnte wie sie. Warum sie so ganz bei sich war. Niemand konnte Grabowski mehr nehmen, was diese Familie ihr gegeben hatte. Und Neuhaus spürte, was ihm für immer fehlen würde.

Am Rathaus überquerte er die Karl-Marx-Straße und lief hoch Richtung Hermannstraße. Jedes Mal, wenn er in den letzten Tagen durch dieses Viertel gekommen war, hatte er das Gefühl, die Rückseite der Welt zu sehen. Schon die Häuser schienen zu sagen: Hier wird nichts draus. Vor dem geschlossenen Lidl lagen wieder die Obdachlosen mit ihren Hunden, ein, zwei Shisha-Bars noch, dann die öde Polizeistation mit den aufgereihten Streifenwagen, das Laidak, wo man durch das Schaufenster die linken Säufer auf den löchrigen Sofas hocken sah, die Baustelle vor der Moschee, das Nierenzentrum am großen Rewe. Es gab Sozialarbeiter, Stadtteilinitiativen und Integrationsvereine. Kulturzentrum, Yogapraxis und Trommelkurse. Aber es vermischte sich nichts. Es verdrängte sich nur gegenseitig. Multikulti, so kam es ihm vor, war eine Behauptung auf Zeit gewesen. Entweder ließ man sich leben, oder man bekämpfte sich. Jetzt war halt wieder Kampf.

In der Tiefgarage hörte er nur den Hall seiner eigenen Schritte und in der Ferne eine Metalltür, die ins Schloss fiel. Am anderen Ende der langgestreckten Halle flackerte eine Leuchtstoffröhre.

Er hatte seinen Wagen fast erreicht, als er innehielt. Er meinte, ein kleines Knirschen wahrzunehmen, wie von einem Steinchen, das zwischen Schuhsohle und Betonboden reibt.

Er wandte sich nicht um, drehte nur den Kopf ein wenig. Aus dem Augenwinkel sah er einen langen Schatten hinter der weißen Säule, die er gerade passiert hatte.

Sein Rücken versteifte sich.

Innerlich machte er sich bereit für den Angriff.

Als das Metall auf ihn niedersauste, drehte er sich mit einer schnellen Bewegung zur Seite, riss den rechten Fuß hoch und traf den vermummten Mann am Arm. In derselben Bewegung hatte Neuhaus sich zu Boden fallen lassen und war unter das nächste Auto gerollt. Der Wagenheber fiel krachend neben seinem Kopf zu Boden. Er hörte, wie sein Angreifer floh.

Nach einer Minute atmete Neuhaus wieder normal. Er verließ seine Deckung, schaute in den Motorraum seines Jaguar und untersuchte das Bodenblech, ohne etwas Auffälliges zu entdecken. Er zog Latexhandschuhe an und packte den Wagenheber in den Kofferraum.

Wir müssen uns noch um die Pistole kümmern, dachte er unvermittelt. Wir müssen herausfinden, was damals bei dem Überfall auf die Postfiliale passiert ist. Wir brauchen die Akten.

Dann machte er sich auf den Weg zum Alexanderplatz.

NEUNZEHN

Geweckt wurde Neuhaus vom fernen Klingelton seines Telefons. Er brauchte eine Weile, um sich zu orientieren. Als er endlich so weit war, hatte der Anrufer bereits aufgegeben.

«Vergiss es!», hatte Naresh Khan am Abend unter der Weltzeituhr gesagt. «Du kannst mir nicht um fast Mitternacht einen Auftrag erteilen und zum Frühstück ein Ergebnis erwarten.»

Neuhaus putzte sich die Zähne, ging unter die Dusche, erst dann schaute er auf sein Smartphone.

«Naresh ... Du hast versucht, mich zu erreichen?», sagte er ins Handy.

«Ja, ich bin doch neugierig geworden und hab die ganze Nacht für dich geschuftet. Wir sollten uns bald treffen.»

Neuhaus hatte ihm die Telefonnummer gegeben, die im Socken von David Schuster gefunden worden war. Naresh sollte versuchen, sie jemandem zuzuordnen. Erst dann sei klar, ob sich weitere Recherchen lohnten.

«Ich komme sofort zu dir.»

«Nein, mir fallen die Augen zu. Ich muss jetzt wenigstens ein paar Stunden schlafen. Außerdem will ich raus aus Mitte. Lass uns um 13 Uhr am Maybachufer treffen.

Dort gibt es ein kleines französisches Restaurant, das Saint Amour, mein Stammlokal, wenn ich in Berlin bin. Es öffnet eigentlich erst abends, aber ich kenne Virginie, die Inhaberin. Ihr Mann wird für uns kochen, und wir werden ungestört sein.»

«Einverstanden.» Neuhaus zögerte kurz. «Ich werde eine Kollegin mitbringen. Es kommen also drei Gäste.»

«Ich weiß nicht, ob das eine gute Idee ist. Du hältst sie für absolut vertrauenswürdig?»

Neuhaus machte sich nicht die Mühe zu antworten.

«Gut», sagte Naresh schließlich. «Ich melde uns an.»

«Wie fandest du es, bei meinen Eltern und den Brüdern zu sein?», fragte Grabowski.

«Ich kann mich nicht erinnern, wann ich mich zuletzt so wohl gefühlt habe», antwortete Neuhaus.

«Warum erzählst du nie etwas von deiner Familie?»

«Weil ich nichts weiß, Grabowski.»

«Und warum weißt du nichts?»

Neuhaus kämpfte mit sich. Er war kurz davor, von seiner Mutter zu sprechen und von seiner Schwester, die er nicht kannte.

Sie saßen bereits eine halbe Stunde am Tisch vor ihrem Wasser, ausgerechnet jetzt kam Naresh zur Tür herein.

«Entschuldigt, ich habe verschlafen», sagte er und schaute nur Grabowski an.

Sie fing seinen Blick auf.

Neuhaus merkte sofort, wie die beiden triggerten, und es gab ihm einen kleinen Stich.

«Bonjour, Naresh. Ça va?», rief Virginie hinter dem Tresen hervor. «Ich komme gleich, um euch die Speisekarte vorzustellen.»

Eine halbe Minute später war sie da. «Wir kochen für euch, aber es gibt nur ein Menü. Ihr müsst alle drei das Gleiche nehmen.»

«Nämlich?»

«Als Vorspeise Froschschenkel in Rieslingsahne mit Petersilie.»

«Darf man das? Heißt es nicht, dass die Frösche …?»

«Wir streicheln die Tiere tot», sagte Virginie. «Und sie sind damit einverstanden.»

«Als Hauptspeise?»

«Bressehuhn in Halbtrauer. Das ist eine Maispoularde, der wir Trüffelscheiben unter die Haut schieben. Dazu Gemüse und Kartöffelchen. Als Dessert rollen wir euch den Käsewagen an den Platz, bei dem ihr eine kleine Tour de France machen könnt. 65 Euro pro Person, Getränke inklusive. Wer nicht will, soll gegenüber in die Ankerklause gehen.»

Alle drei wollten, aber nur Naresh nahm auch die Vorspeise. Virginie lächelte und zog sich zurück.

«Darf ich dich Suna-Marie nennen?», fragte Naresh. «Ich finde Grabowski … sagen wir: nicht ganz passend.»

«Nenn sie, wie du magst», sagte Neuhaus. «Aber lasst uns endlich anfangen.»

Augenblicklich schaltete Naresh um. «Die Nummer, die ihr mir gegeben habt, gehört zu einem Smartphone, zu dem ich jetzt Zugang habe und auf dem sich riesige Datenmengen befinden. Unter anderem ein großes Archiv zum Anschlag auf dem Breitscheidplatz. Alles nicht sonderlich gut gesichert, allerdings wird das GPS fast nie eingeschaltet. Sollte das in Zukunft doch der Fall sein, habe ich es so eingerichtet, dass ich eine Nachricht erhalte.»

«Der Name! Wir müssen wissen, wem die Nummer gehört», sagte Grabowski.

Naresh wartete, bis Virginie die Vorspeise serviert hatte, dann fuhr er fort. «Mehr als ein bisschen stöbern konnte ich noch nicht, trotzdem habe ich schon einiges herausgefunden. Ihr wollt wissen, wer hinter dem Kommando Anis Amri steckt, richtig?»

Die beiden SETA-Leute sahen Naresh Khan reglos an.

«Lass mich raten: Der Mann heißt Philippe Boudia», sagte Neuhaus schließlich.

«Genau! Philippe Boudia: ein junger Islamist, der sich den Namen Salah gegeben hat.»

«Das ist wahrscheinlich eine Hommage an Salah Abdeslam», sagte Grabowski. «Abdeslam war einer der Männer, die man nach den Attacken am 13. November 2015 in Paris festgenommen hat.»

«Boudia ist übrigens in Charlottenburg-Nord gemeldet, im Riedemannweg», ergänzte Naresh.

«Ja, an der Adresse waren wir. Dort ist ein alter Garagenhof, der jetzt von einem tauben Mann als Mietlager betrieben wird. Konntest du schon etwas über eventuelle Mittäter Boudias rauskriegen? Gibt es überhaupt ein Kommando Anis Amri?»

Inzwischen waren sie bei der Hauptspeise angelangt.

«Saugut, Virginie, das trauernde Hähnchen!», rief Naresh Richtung Theke.

«Merci, ich gebe es weiter.»

«Boudia hatte einen Anleiter, der sich Mamadou nannte.»

«Jemanden vom Islamischen Staat?», fragte Neuhaus, und dann sagte er: «Oder zumindest jemanden, von dem Boudia glaubt, er sei vom IS ...»

Kurz herrschte völlige Ruhe.

«Dazu kann ich nichts sagen», meinte Naresh schließlich. «Ich weiß nur: Mamadou hat ihm die Befehle zu den drei Morden gegeben. Mamadou hat ihn gelenkt und instruiert. Mamadou hat die Opfer ausgesucht und Ort und Zeitpunkt ihres Todes festgelegt. Und Mamadou hat auch dafür gesorgt, dass Boudia eine Pistole bekommt. Salah wollte etwas Großes machen, wie er sagte, etwas wie sein Freund Amri. Mamadou hat ihn zurückgehalten, ihm aber in Aussicht gestellt, dass man ihn irgendwann von der Kette lässt.»

«Das heißt, dass wir in Kürze mit einem weiteren Mord oder sogar mit einem großen Anschlag rechnen müssen ...», sagte Grabowski.

«Das sieht ganz danach aus. Bleibt also um jeden Preis dran! Seht zu, dass ihr ihn so schnell wie möglich kriegt!»

«Ich fürchte, ohne deine Mitarbeit wird das schwierig», sagte Neuhaus. «Und auf die Hilfe von Ansgar Schindler möchte ich mich gerade nicht verlassen.»

Grabowski verdrehte die Augen.

«Okay», sagte Naresh. «Wenn ihr wollt, lasse ich meinen Hackerkongress sausen und arbeite mit euch.» Er hatte wieder nur Grabowski angeschaut.

«Ja», sagte sie, «das halte ich für eine gute Idee.»

Neuhaus stand auf, um die Rechnung zu begleichen.

Gemeinsam waren sie zum Mercure gelaufen, wo sich Neuhaus an der Rezeption einen Drucker und Papier hatte geben lassen.

«Ihr arbeitet in meinem Zimmer weiter und druckt bitte sofort aus, was ihr für wichtig haltet. Mir ist es lieber, jetzt eine Weile allein zu sein. Ich werde noch mal ins LKA fahren und versuchen, die Akten von dem Überfall auf die Postfiliale aufzutreiben. Ich will wissen, was damals mit dieser Pistole passiert ist.»

«Nein», sagte Grabowski, «fahr in den Westhafen! Dort ist das Archiv der Staatsanwaltschaft – in einem ehemaligen Zollspeicher, ein wunderschönes denkmalgeschütztes Haus. Ich werde dich anmelden. Frag einfach nach Fräulein Gisela!»

Er lächelte. «So lautete doch nach dem Krieg der Titel eines Schlagers. Meine Oma hat ihn bis zu ihrem Tod immer wieder auf dem Plattenspieler laufen lassen.»

Sie nickte. «Ja, ich glaube, dieses Lied ist der Grund, dass sie so genannt werden will.»

Während der ganzen Fahrt war ihm der Schlager nicht aus dem Kopf gegangen. Und auch jetzt, als er vor der Tür im dritten Stock des früheren Zollspeichers darauf wartete, eingelassen zu werden, pfiff er die Melodie.

«Ich nehme an, Sie wollen zu mir», sagte die Frau, die ihm öffnete.

«Fräulein Gisela?», fragte er erstaunt.

«Ich weiß, was Sie denken. Jemand, der sich so nennen lässt, muss ein angegrautes Mäuschen sein, aber keine Frau Mitte zwanzig, die sich selbst als Feministin bezeichnet und trotzdem alte Schlager mag, in denen ein Frauenbild ... Na, lassen wir das! Trinken Sie einen Kaffee mit mir? Immerhin sind Sie einer der wenigen, die dieses Lied noch zu kennen scheinen.»

«Danke, das ist sehr liebenswürdig. Aber ich muss rasch wieder zurück. Und die Straßen sind gerade ziemlich voll. Wenn Sie mir einfach sagen, wo ich suchen muss.»

«Sie müssen nicht suchen. Ich habe Ihnen die Akten bereits kommen lassen. Sie sind zwar nicht digitalisiert, aber immerhin haben wir ein Inhaltsverzeichnis erstellt, das Sie auf den ersten Seiten finden.»

Sie führte ihn in ihr Büro und zeigte auf einen Rollwagen, auf dem sich zehn prall gefüllte Aktenordner stapelten.

«Wenn Sie ihm ein kleines Trinkgeld geben, wird einer unserer Praktikanten Ihnen helfen.»

«Das ist freundlich. Dann rufen Sie ihn bitte!»

«Haben Sie das erste Mal mit dem Justizapparat zu tun? Sie müssen mir vorher ein Formular ausfüllen und die Entnahme der Unterlagen quittieren.»

«Wird gemacht, Fräulein Gisela. Und wenn ich die Ordner zurückbringe, sprechen wir über alte Schlager.»

«Wenigstens drei Namen», bat sie.

«Bitte!»

«Rocco Granata?»

«Oh ja. Marina, Marina, Marina, du bist ja die Schönste der Welt», sang er und hob den Daumen.

«Connie Francis?»

«Schöner fremder Mann, du bist lieb zu mir …» Er hob wieder den Daumen.

«Daliah Lavi?»

Er hob beide Daumen.

Sie lachte. Fräulein Gisela war zufrieden mit ihm.

Mehr als zwei Stunden war Neuhaus unterwegs gewesen, als er wieder im Mercure ankam. Ein Angestellter des Hotels half ihm, die Aktenordner in den Lift und auf seine Suite zu bringen.

Grabowski und Naresh saßen Schulter an Schulter vor dem Bildschirm.

«Bist du mit Fräulein Gisela klargekommen?», fragte Grabowski, ohne sich umzudrehen.

«Prächtig», antwortete er.

Nun warf sie ihm doch einen kurzen Blick zu. «*Gut* hätte auch gereicht.»

«Und bei euch? Gibt es Fortschritte bei dir und Naresh?»

Neuhaus sah, wie sich Grabowskis Nacken unter seiner Frage versteifte.

«Kann man so sagen», antwortete sie. «Es ist etwas Seltsames passiert. Gestern hat Boudia einen Anruf aus einer Moschee in Hildesheim bekommen. Sofort nachdem das Gespräch beendet war, hat er eine Nachricht an

Mamadou geschrieben, ihn beschimpft und ihm gedroht, dass er ihn schlachten wird. Danach hat er ihn umgehend aus seinen Kontakten genommen.»

«Hast du eine Vorstellung, was das bedeuten könnte?», fragte Neuhaus.

«Zuerst war ich ratlos, aber dann bin ich tiefer eingetaucht. Und tatsächlich ist Naresh fündig geworden. Der Server, über den Mamadou seine Nachrichten an Boudia geschrieben hat, steht weder in Syrien noch in Libyen, sondern hier in Berlin. Im Keller der Parteizentrale der ‹Aufrechten›. Und jetzt rate, auf wessen Namen er registriert ist!»

«Na?»

Naresh schaltete sich ein: «Auf den Namen eures IT-Spezialisten Ansgar Schindler.»

«Du meinst, Schindler ist Mamadou?», fragte Neuhaus.

«Muss nicht sein. Aber was soll man sonst denken?», meinte Naresh.

«Das ist doch Unfug», sagte Grabowski. «Ansgar mag ein Arschloch sein, meinetwegen auch ein rechtes Arschloch, aber deswegen stiftet er doch keinen Islamisten dazu an, drei Menschen zu erschießen. Was sollte das für einen Sinn machen?»

«Darüber müsste man nachdenken», sagte Naresh.

«Dann machen wir jetzt eine halbe Stunde Pause, und jeder versucht, seine Schlüsse zu ziehen», schlug Neuhaus vor.

«Geh du, wir denken hier nach», sagte Grabowski.

«Und?», fragte Neuhaus.

«Statt zu denken, haben wir gearbeitet», antwortete Grabowski. «Naresh hat den Server von Ansgar Schindler und den ‹Aufrechten› geknackt. Wir sind auf mehrere Chatgruppen gestoßen. In der größten tauschen sich Pegida-Leute, Reichsbürger, Identitäre, NPD-Mitglieder und die harte Fraktion der ‹Aufrechten› miteinander aus. Sie benutzen Decknamen, aber es ist jetzt schon klar, dass viele von ihnen Polizisten sind.»

«Irgendwas Verwertbares dabei?»

«Alles, was du willst. Hitlerbilder, Naziparolen, Hakenkreuze. Es tummeln sich dort eher schlichte Gemüter, jene, die Luft ablassen wollen und vom Tag X träumen, an dem sie losschlagen werden, bis Deutschland ihnen gehört.»

«Habt ihr die Sachen ausgedruckt?»

«Haben wir. Aber das muss uns nicht interessieren. Es reicht, wenn wir das komplett der Staatsanwaltschaft übergeben.»

«Aber?»

«Aber es gibt eine kleinere Gruppe, in der keine Spinner unterwegs sind», sagte Grabowski. «Ich will sie die Strategen nennen. Und jetzt hör bitte gut zu.»

Neuhaus' Augen verengten sich. Er spürte diesen Punkt, wenn eine Ermittlung kurz vor dem Durchbruch stand.

«Gut, erzähl mir von den Strategen.»

«Nach allem, was wir bisher sehen, ist es eine verschworene Truppe von fünf Leuten», sagte Naresh. «Sie haben sich Namen aus der nordischen Sagenwelt gegeben. Es geht ihnen darum, mit allen Mitteln ‹Die Aufrechten› bei der Bundestagswahl stark zu machen.»

«Heißt was?»

«Wenn du wissen willst, wer hinter einem Verbrechen steckt, frag immer, wem es nützt. So hab ich es in der Ausbildung gelernt», sagte Grabowski.

«Jeder islamistische Anschlag bringt diese Partei in der Wählergunst nach vorne», sagte Neuhaus. «Wartet mal ... Finden sich in dem Chat der Strategen irgendwelche Hinweise darauf, dass Leute aus der SETA beteiligt sind?»

Er sah Grabowski mit einem Blick an, der sie nicht entließ.

«Wir sind noch nicht ganz durch.» Sie wandte sich dem Bildschirm zu. «Scroll mal weiter nach unten, Naresh ... Da!»

Neuhaus sah, wie ihre Miene gefror. Er stellte sich zu ihnen.

«Da ist von Projekt 1, Projekt 2 und Projekt 3 die Rede ...»

«Das sind unsere drei Morde», sagte Neuhaus.

«Verdammt.»

Grabowski stand auf, trat vor ihn und sah ihm direkt in die Augen: «Ich stelle dir jetzt eine Frage, die du bitte ohne Zögern und ehrlich beantwortest.»

Neuhaus deutete ein Nicken an.

«Bist du vom BKA auch mit internen Ermittlungen beauftragt?»

Er brauchte einen Moment, um sich von seiner Verblüffung zu erholen: «Das bin ich», sagte er. «Aber wie kannst du das wissen?»

Sie zeigte auf den Bildschirm: «Guck mal, was da steht: ‹Wiesbaden hat uns ein faules Ei ins Nest gelegt, das wir wieder loswerden müssen.›»

Neuhaus erstarrte.

«Wer sagt das?», fragte er mit tonloser Stimme.

«Der Wortführer der Truppe», sagte Naresh, «Es handelt sich um einen gewissen Odin. Scheint der Oberstratege zu sein.»

Neuhaus sprang auf und zog sein Handy hervor. «Ich gehe kurz auf den Gang zum Telefonieren. In zwei Minuten bin ich wieder bei euch.»

Er wählte die Nummer von Karen Aalborg, die im Vorzimmer des BKA-Präsidenten saß. Neuhaus war ein paarmal mit ihr auf Konzerten des Rheingau Musik Festivals gewesen. Anschließend hatten sie immer gut gegessen und gemeinsam in einem Hotel übernachtet.

«Was gibt's?», fragte sie kühl.

«Kannst du mir sagen, ob irgendjemand in der SETA weiß, dass ich für Internal Affairs arbeite?»

«Nicht mal ich hatte eine Ahnung, dass du deine Kollegen beschnüffelst. Sprich selbst mit dem Chef!»

«Was ist, Karen Aalborg? Bin ich abgemeldet bei dir?»

«Ich stell dich durch. Er spielt nebenan Darts mit der Leiterin des LKA.»

Die Stimme seines Vorgesetzten klang eine Spur zu gutgelaunt. «Neuhaus? Was ist da los bei euch in Berlin?»

«Ist irgendwer in der SETA darüber informiert, dass ich den Auftrag habe, zu schauen, ob dort alle sauber sind?»

«Wie kommen Sie denn darauf? Wir verbrennen doch nicht unsere eigenen Leute. Natürlich hat niemand eine Ahnung. Niemand, außer Günther Jeschke.»

Neuhaus schwieg. «Ja, danke», sagte er dann und beendete das Gespräch.

«Odin heißt mit Klarnamen Günther Jeschke.»

Die beiden sahen Neuhaus an.

«Wer ist Günther Jeschke?», fragte Naresh.

Neuhaus hatte den ersten der Aktenordner genommen, sich nebenan aufs Bett gesetzt und zu blättern begonnen.

«Unser Vorgesetzter», antwortete Grabowski. «Der Leiter der Sondereinheit Terrorabwehr.»

Naresh pfiff leise durch die Zähne. «Langsam wird es fett», sagte er. «Außer Odin gibt es noch Thor, Bragi, Hermod und Freya, der einzige Frauenname in der Gruppe. Hermod steht in Verbindung mit einem Mann, der nicht zur Gruppe gehört, aber dort offensichtlich große Autorität besitzt und als graue Eminenz verehrt wird, er heißt nie anders als: der Alte.»

«Was ist mit dir, Neuhaus?», rief Grabowski. «Hörst du Naresh zu? Ich verstehe sowieso nicht, was du glaubst, in den vergilbten Unterlagen zu finden.»

«Das wirst du hoffentlich gleich erfahren. Und: Ja, ich höre zu. Macht weiter!»

«Wir haben uns Gedanken gemacht, wer mit dem Alten gemeint sein könnte.»

«Nikolas Junker, Ehrenvorsitzender der ‹Aufrechten› und Spitzenkandidat für die Bundestagswahlen», murmelte Neuhaus.

«Du bist ein Spielverderber, aber du hast recht», sagte Grabowski. «Wieso konntest du das wissen?»

«Gar nicht, aber ich lese Zeitung. Es war nur ein Tipp ins Blaue. Ihr seid euch sicher?»

«Ja, weil wir noch mehr herausgefunden haben. Wir nehmen an, dass Hermod in Wirklichkeit Rutger Petzold heißt. Er ist offensichtlich der persönliche Assistent des Alten, betreut auch dessen Twitter-Kanal und wird dabei wohl an der langen Leine gelassen.»

«Den Kanal habt ihr euch angeschaut», sagte Neuhaus, während er weiter in seinen Ordnern blätterte.

«Ja. Und dabei ist mir etwas aufgefallen. Du erinnerst dich, dass unsere Pressekonferenz nach der Ermordung von David Schuster fünfzehn Minuten später als geplant begann.»

«Ist das nicht immer so?», fragte Naresh.

«Ja. Aber erst dort ist dieses Bekennerschreiben öffentlich gemacht worden.»

«Und?»

«Nikolas Junker hat auf Twitter aber schon eine Viertelstunde vorher von einem islamistischen Anschlag durch ein Kommando Anis Amri berichtet. Er hat also etwas verkündet, das er offiziell gar nicht wissen konnte.»

Neuhaus setzte den Gedanken fort: «Es sei denn, sein Assistent hat den Tweet abgesetzt ohne das Wissen des Alten ... Sehr gut, Grabowski ... Ich weiß, es war unhöflich, dass ich nebenbei diese Akten überflogen habe. Aber es hat sich gelohnt. Ich habe ebenfalls etwas entdeckt.»

Neuhaus wartete, bis die beiden anderen ihn erwartungsvoll anschauten.

«Weißt du: Du flatterst rum, während wir dir die Welt erklären», beschwerte sich Grabowski, «aber selbst machst du so lange Kunstpausen, bis du unsere ungeteilte Aufmerksamkeit hast.»

«Vor neunzehn Jahren», sagte Neuhaus, «hat ein Mann namens Anton Babenko in Zehlendorf eine Postfiliale überfallen. Die Pistole, die er dabei benutzt hat, ist niemals gefunden worden, aber jetzt sind drei Menschen damit erschossen worden. Anton Babenko stammte aus Riga, und weißt du, welchen Spitznamen ihm später seine Mitgefangenen gegeben haben, Naresh?»

«Wie soll ich das wissen?»

«Man nannte ihn Riga-Toni.»

«Ja, witzig», sagte Naresh, ohne eine Miene zu verziehen.

«Warum lachst du dann nicht? Hast du Sodbrennen?», fragte Neuhaus.

Grabowski hatte den Wortwechsel der beiden mit offenem Mund verfolgt. Dann bekam sie einen Lachanfall, der ihr die Tränen in die Augen trieb und schließlich in einem Schluckauf endete.

Neuhaus wartete, dann sprach er ungerührt weiter. «Einer der Ersten, die damals am Tatort ankamen, war der junge Polizist Günther Jeschke. Er machte sich an die Verfolgung Babenkos, legte ihm gemeinsam mit einem Kollegen Handschellen an und suchte nach eigenen Angaben den Fluchtweg des Täters ab. Während des Prozesses gab es keine Erklärung für das Verschwinden der Pistole. Aber wir müssen nur eins und eins zusammenzählen, um zu dem Schluss zu kommen, dass Jeschke die Waffe an sich nahm. Um sie 19 Jahre später wieder aus dem Hut zu zaubern.»

«Aber jetzt ist er reif», sagte Grabowski mit bitterer Miene.

Für einige Augenblicke schienen sie alle drei wie erschöpft von den Informationen, die sich endlich zu einem Bild fügten.

Es war Naresh, der zuerst wieder Worte fand. «Lasst uns noch mal sortieren, was wir bislang wissen oder zu wissen glauben! Damit uns klar wird, was zu tun ist.»

«Ja», sagte Neuhaus. «Wir haben drei Morde, alle mit derselben Waffe ausgeführt. Sie wurden verübt von einem jungen Islamisten namens Philippe Boudia alias Salah, der aufgrund seiner Freundschaft zu Anis Amri immer im Blickfeld der Behörden war. Man hätte ihn jederzeit hochnehmen und für viele Jahre ins Gefängnis bringen können, aber das ist nicht geschehen. Stattdessen hat ihn eine Gruppe rechter Polizisten zu den Morden angestiftet, um in der Öffentlichkeit Stimmung zu machen und die Prozente für ‹Die Aufrechten› in die Höhe zu treiben. Nennen wir sie die Gruppe Jeschke.»

«Und gestern», fuhr Grabowski fort, «wurde Boudia aus dieser Moschee in Hildesheim mitgeteilt, dass er instrumentalisiert worden ist. Daraufhin hat er sofort alle Kontakte zur Gruppe Jeschke abgebrochen.»

«Das heißt, die Gruppe Jeschke hat ein verschärftes Interesse, ihn auszuschalten», sagte Neuhaus. «Und will ihn mindestens so dringend finden wie wir selbst. Es wird also ein Wettrennen.»

«Was können wir tun?»

«Nichts. Nichts können wir tun. Wir können nur warten, bis wir wissen, wo er sich aufhält.»

Sie mussten nicht lange warten. Kaum hatte man ihnen eine Kanne Kaffee aufs Zimmer gebracht, meldete sich Nareshs Smartphone mit einem Pling. Er aktivierte sein Tablet und rief: «Wir haben ihn lokalisiert. Suna-Marie, hilf mir!»

Sie schaute auf die Karte und musste sich kurz orientieren. «Das ist in Pankow», sagte sie. «Zoom näher ran, Naresh! Oh Gott, Boudia hat sich in dem alten Rundlokschuppen vom ehemaligen Betriebsbahnhof verschanzt. Das Gelände ist einer der größten Lost Places in Berlin ...»

«Das kannst du uns unterwegs erzählen», unterbrach Neuhaus sie. «Wir müssen los! Habt ihr eure Waffen dabei?»

Grabowski nickte.

«Meine liegt in Wiesbaden im Tresor», sagte Naresh.

«Dann bleibst du draußen im Auto und gibst uns durch, wenn er sich bewegt.»

«Ich kann euch ebenfalls tracken, um euch zu dirigieren, wenn es nötig ist.»

«Gut. Wir nehmen ein Taxi. Ich will nicht, dass mein Wagen uns verrät.»

«Es wird bald dunkel sein. Auf dem Gelände gibt es kein Licht», sagte Grabowski. «Wir brauchen eine Stablampe.»

«Ich hab ein Maglite im Kofferraum. Der Jaguar steht neben dem Hotel, nur ein paar Schritte vom Taxistand.»

«Handschellen?»

Neuhaus nickte.

«Jetzt erzähl uns, wo wir hinfahren!»

«Der Betriebsbahnhof liegt am Rand von Heinersdorf», sagte Grabowski. «Westlich hast du den S-Bahnhof und die Prenzlauer Promenade, östlich die Kleingartenkolonie Feuchter Winkel. Anders als der Name vermuten lässt, ist der Rundlokschuppen eine riesige, hohe Halle mit sechzig Metern Durchmesser. Das sind fast zwanzig Meter mehr, als die Kuppel der Kathedrale in Florenz hat. Mitte der Neunziger hat man die Anlage aufgegeben, und die Gebäude verfielen. Dann kam ein größenwahnsinniger Investor aus den Niederlanden, ein sogenannter Eventmanager, der die Schönheit des Kuppelbaus erkannt hatte. Er ließ ihn instandsetzen, hat eine Zwischendecke und im oberen Stock auch Wände eingezogen. Unten gab es eine riesige Tanzfläche und die lange, halbrunde Bar. Oben Mottoräume mit unterschiedlichen Konzepten: Darkrooms, Club Bizarre, Kuschelwiese, Fight-Club, was weiß ich. Zwei Jahre lang brummte der Laden, dann brach ein großer Teil der Decke ein. Getötet wurde niemand, aber es gab einige Verletzte.»

Neuhaus, der auf dem Beifahrersitz saß, drehte sich zu Naresh um. «Hast du ihn noch?»

«Ja, er scheint sich nur im Gebäude zu bewegen.»

«Dann erzähl weiter, Grabowski!»

«Der Investor tauchte unter, und das Gelände verfiel aufs Neue. Heute sind alle Fassaden mit Graffiti übersät, die Scheiben eingeschlagen, zum Teil verbrettert, rundum wuchern Brombeerhecken. Man hat das Grundstück mit einem hohen Zaun umgeben, das Betreten ist nicht erlaubt, es herrscht Einsturzgefahr. Trotzdem gibt es einen verborgenen Zugang, und es streichen immer wieder Leute herum.»

«Und woher weißt du das alles?»

«Weil ich erst vor ein paar Wochen mit meinen Brüdern da war. Sie sind ganz wild auf solche verbotenen Orte.»

ZWANZIG

«Sie müssen hier rechts abbiegen», sagte Grabowski, als sie fast am Ziel angekommen waren.

«Ich weiß, wo das Loch im Zaun ist», sagte der Taxifahrer. «Wenn ich warten soll, brauch ich schon mal Geld.»

«Bekommen Sie. Und halten Sie bitte nicht direkt am Durchschlupf, sondern möglichst unauffällig ein paar Meter weiter!»

Am Eingang der Kleingartenkolonie entschied Grabowski neu: «Nein, lassen Sie uns hier raus und parken Sie zwischen den anderen Autos! Wir gehen die letzte Strecke zu Fuß.»

Zwischen dichten Hecken auf der einen und dem Zaun des Bahngeländes auf der anderen Seite liefen Neuhaus und Grabowski die schmale, asphaltierte Straße entlang. Alle paar Meter blieben sie stehen, schauten sich um und lauschten. Sie passierten einen großen Umzugswagen, den extralangen Mercedes-Sprinter einer Mietwagen-Firma, der auf einer Brachfläche abgestellt war, dann schlüpften sie unter dem Zaun hindurch.

«Denk dran», sagte Neuhaus, «die anderen wollen ihn tot, wir wollen Boudia auf jeden Fall lebend.»

Sie umrundeten einen Teil des Lokschuppens, liefen geduckt, suchten immer wieder Deckung hinter einem der zahlreichen kleinen Nebengebäude und fanden schließlich eine Stelle, wo sie, halbwegs geschützt, das gesamte untere Stockwerk der Rotunde im Blick hatten.

Das große Loch in der Zwischendecke gab einen vagen Blick auf die obere Etage und auf die Kuppel frei. Die Lücken im Dach ließen das fahle Mondlicht ins Innere der Halle fallen.

Lange Zeit geschah nichts.

Neuhaus flüsterte in das Mikrofon seines Smartphones: «Ist er noch in der Halle?»

«Ja, er bewegt sich nicht», antwortete Naresh. «Wenn ihr ihn nicht seht, muss er oben sein.»

«Gut, wir warten weiter, was passiert.»

Nach zwanzig Minuten hörten sie, wie sich Schritte näherten. Sie sahen die Silhouette eines Mannes, der auf der ihnen gegenüberliegenden Seite das Gebäude betrat. Sein Gesicht lag im Dunkeln. Er ging weiter bis in die Mitte der Halle und sah sich um.

Dann hörten sie seine Stimme.

«Salah, zeig dich mir! Hier spricht Mamadou. Ich werde dir einen Auftrag geben. Du wirst etwas Großes tun. Du wirst ein Löwe Allahs sein.»

Es war die Stimme Günther Jeschkes.

Grabowski und Neuhaus kauerten dicht beieinander hinter ihrem Mauervorsprung.

«Was für ein fauler Zauber», flüsterte sie.

«Ja, aber Jeschke weiß, wie das kleine Arschloch tickt. Und wenn es ihm jetzt gelingt, noch einmal für einen Augenblick das Vertrauen Boudias zu gewinnen, kann er ihn töten … Was meinst du, wo Ansgar Schindler ist?»

«Wahrscheinlich irgendwo draußen mit seinem Tablet, wie Naresh auch.»

Neuhaus drehte den Kopf ein wenig in Richtung von Grabowskis Haar und atmete tief ein.

«Was machst du?», fragte sie leise.

«Ich bin ein Schnüffler. Du riechst gut.»

«Hörst du mich, Salah?», rief Jeschke. «Dein Wunsch geht in Erfüllung. Du wirst etwas Großes tun.»

«Ich ficke deine Mutter, du Hurensohn. Nimm die Hände hoch!»

Boudias Stimme kam von oben. Er stand am Rand des Einsturzlochs und zielte mit seiner Pistole in die Tiefe. Jeschke wollte seine Waffe ziehen, zuckte aber zurück, als neben ihm ein Projektil in den Boden schlug. Er hob beide Hände.

«Und jetzt zieh dich aus!», rief Boudia.

Um seinen Worten Nachdruck zu verleihen, schoss er ein zweites Mal.

Schließlich schien Jeschke begriffen zu haben, dass er keine Wahl hatte. Er schnallte sein Holster mit der Dienstwaffe ab, ließ es auf den Boden gleiten und stieß es mit dem Fuß außer Reichweite. Dann begann er sich zu entkleiden.

«Schneller!», rief Boudia. «Die Unterhose auch.» Und als Jeschke nackt war: «Jetzt leg dich auf den Boden! Nein, nicht auf den Rücken! Auf den Bauch! Dreh den Kopf in die andere Richtung und mach die Augen zu!»

«Bei euch alles in Ordnung?», fragte Naresh. «Boudia ist wieder in Bewegung.»

«Ja», sagte Neuhaus. «Wir haben ihn im Blick.»

Dann sahen sie, wie aus dem oberen Stockwerk ein Seil heruntergelassen wurde. Es endete kurz vor dem Boden, nicht weit von Jeschkes Füßen entfernt. Lautlos hangelte sich Boudia daran herab.

«Was hat er da an seinem Gürtel hängen?», wollte Grabowski wissen.

«Verdammt! Sieht aus wie eine Machete.»

Ohne ein Geräusch war Boudia unten angekommen.

«Und jetzt dreh dich um, du Hurensohn, damit ich dein Gesicht sehe, wenn ich dir den Kopf abschlage.»

Im selben Moment sprintete Neuhaus los.

Boudia drehte sich irritiert um, wandte sich aber sofort wieder Jeschke zu. Er hatte die Machete gezogen und holte damit aus. Kurz blitzte die Klinge im Mondlicht.

«Im Namen Allahs, ich schlachte dich.»

Dann traf ihn ein Tritt von Neuhaus in die Nieren. Die Waffe entglitt ihm und fiel klirrend zu Boden. Er stöhnte kurz auf, taumelte, konnte sich aber wieder fangen und rannte davon.

«Los! Nimm du Boudia!», rief Neuhaus Grabowski zu. «Ich kümmere mich um Jeschke.»

Neuhaus hatte sich Handschuhe übergestreift und Jeschkes Dienstwaffe aus dem Holster gezogen.

«Was macht ihr denn? Warum habt ihr ihn nicht abgeknallt? Wir wären bei jedem Richter damit durchgekommen.»

Jeschke saß nackt vor Neuhaus und hatte den Unterarm gehoben, um seine Augen vor dem grellen Licht der Stablampe zu schützen.

«Weil wir ihn noch brauchen, Mamadou. Du ziehst dich jetzt im Sitzen an, und dann legst du dich wieder hin. Ich mag nicht auf einen nackten Mann zielen.»

Neuhaus hob die Pistole, entsicherte sie und richtete sie direkt auf Günther Jeschke. «Ich habe dir gerade das Leben gerettet, aber wenn du jetzt nicht tust, was ich sage, werde ich dich töten und es aussehen lassen wie einen Selbstmord. Glaub mir, ich würde bei jedem Richter damit durchkommen.»

Neuhaus schob ihm mit dem Fuß die Kleidungsstücke entgegen und wartete, bis Jeschke sich angezogen hatte. Dann warf er ihm seine Handschellen zu. «Jetzt legst du dir die Fesseln an!»

«Was soll der Mist? Du weißt, dass ich mit dem BKA-Präsidenten ...»

Mit einer Bewegung des Pistolenlaufs unterstrich Neuhaus seine Forderung.

«So, und jetzt: hinlegen! Nicht auf den Bauch! Auf den Rücken!»

«Neuhaus, komm ... Wir können doch ...»

«Du hältst jetzt dein ungewaschenes Maul und antwortest nur, wenn ich dir eine Frage stelle.» Er drückte die Aufnahmetaste seines Smartphones, dann sprach er weiter. «Weißt du, mit welcher Sorte Menschen ich es in dieser Situation jedes Mal zu tun habe?»

«Spiel hier nicht den Schlaumeier, wir sind Kollegen. Und ich bin der Ältere von uns beiden. Was willst du mir erzählen?»

«Egal, ob mir Pädophile gegenübersitzen, Vergewaltiger, Betrüger, Mörder, korrupte Bullen oder Nazis, auf jeden Fall sitzt mir jedes Mal ein Lügner gegenüber. Du bist ein riesengroßes Arschloch, und ich werde deinen Kopf in den Haufen Scheiße tunken, den dieses Arschloch hinterlassen hat. Ihr Nazis kommt immer von hinten, nie von vorne. Genau wie die Islamisten. Ihr seid zwei Seiten derselben Medaille. Du hast Boudia zu den Morden angestiftet. War es so?»

Als Jeschke auch nach einer halben Minute noch nichts gesagt hatte, versetzte ihm Neuhaus einen Tritt zwischen die Beine. «War es so?»

Jeschke japste vor Schmerz. Schließlich sagte er leise «Ja».

«Lauter! Und ich will einen ganzen Satz hören.»

«Ja, so war es.»

«Du hast die Pistole von Babenko damals an dich genommen und hast sie fast zwanzig Jahre später einem Islamisten zukommen lassen. War es so?»

«Ja, so war es.»

«Wusstest du, dass Polizisten, die Straftaten begehen, sich immer besonders dumm anstellen? Man hat das Phänomen sogar mal wissenschaftlich untersucht. Es liegt daran, dass Polizisten sich für besonders schlau halten.

Sie meinen zu wissen, wie der Rest der Welt tickt, und glauben deshalb, unbesiegbar zu sein. Aber genau diese Überheblichkeit macht jeden Menschen dumm. Deine Tochter hatte keine Fischvergiftung. Du hast eine brasilianische Prostituierte geschwängert und sie mit eurem Baby in die Luft fliegen lassen. Dabei sollte ich ebenfalls sterben. Und auch der Angriff mit dem Wagenheber geht auf dein Konto. War es so?»

«Ja.»

«Wie bitte?»

«Ja, es war so.»

Sie waren fast am Taxi angekommen, als Grabowski vor ihnen stand. Sie blickte Jeschke an, dann spuckte sie ihm ins Gesicht.

«Boudia ist mir entwischt», sagte sie zu Neuhaus. «Ich hätte in der Dunkelheit von hinten auf ihn schießen müssen. Erinnerst du dich an den Umzugswagen, an dem wir vorhin vorbeigelaufen sind? Damit ist er weggefahren.»

«Dann hat er etwas vor!»

Grabowski nickte. «Naresh hat ihn noch auf dem Schirm. Ich habe einen Einsatztrupp des SEK angefordert. Hoffentlich sind sie schnell genug.»

«Gut, dann fahren wir jetzt ins LKA.»

«Aber wir haben noch einen weiteren Fahrgast. Es war so, wie ich vermutet habe: Ansgar Schindler saß hinten in seinem Wagen und hat auf seinem Tablet gedaddelt. Er war völlig verdutzt, als ich gegen die Scheibe geklopft habe. Ich habe ihn aussteigen lassen und ihm seine Waffe abgenommen. Jetzt sitzt er neben Naresh auf der Rückbank des Taxis.»

«Dann soll er mit ihm fahren. Und wir beide nehmen Schindlers Wagen. Du setzt dich ans Steuer; ich gehe mit Jeschke nach hinten.»

«Wir können auch einen Gefangenentransporter bestellen.»

«Nein, ich will bei ihm sein, bis er in Verwahrung ist. Und ich will selbst hören, wie sich der Schlüssel in seiner Zellentür dreht.»

Es war ihnen gelungen, die beiden Leiter der zuständigen Dezernate des Landeskriminalamtes – «Rechts motivierte Kriminalität» und «Islamistisch motivierte Kriminalität» – aus ihrem Feierabend zu holen. Sie trafen sich im Besprechungsraum der Staatsschutzabteilung am Platz der Luftbrücke. Nach und nach trudelte die gesamte Führungsriege des LKA ein.

Neuhaus spürte das Misstrauen, das zu einem Teil auch Grabowski und Naresh, aber mehr noch ihm selbst entgegenschlug. Alle, die ihnen gegenübersaßen, kannten Jeschke und Schindler. Man hatte gemeinsam an denselben Fällen gearbeitet, war befreundet, Geburtstage wurden zusammen gefeiert, die Kinder hatten dieselben Schulen und Vereine besucht und auf denselben Pferderücken gesessen. Es gab keinen Grund, bei den Kollegen genauer hinzuschauen; vielleicht sollte es keinen geben. Erst als Neuhaus seine Aufnahme von Jeschkes Geständnis abspielte, begann die Front der Skeptiker zu bröckeln.

Derweil kam die Nachricht, dass Philippe Boudia versucht hatte, mit seinem gemieteten LKW in ein Kiezfest am Marheinekeplatz zu fahren. Das SEK hatte ihn im letzten Moment stoppen können, trotzdem war es ihm noch einmal gelungen zu fliehen.

Es war weit nach Mitternacht, als Neuhaus endlich in seinem Hotelzimmer stand und aus dem Fenster sah.

In der Wohnung der Frau gegenüber brannte noch Licht. Wieder saß sie im Bademantel vor dem Spiegel. Neuhaus sah den Mann schon, als er unten an der Haustür klingelte. Er hatte Blumen in der Hand und eine Flasche Sekt. Sie verließ kurz das Zimmer, um ihm zu öffnen, dann wartete sie auf ihn. Er stellte die Flasche ab, legte die Blumen aufs Bett, streckte die Arme aus und ging auf sie zu. Sie ließ ihren Bademantel sinken und schloss die Gardinen.

Grabowski schickte die Nachricht, dass man Boudia in einem Hinterhof am Mehringdamm gestellt und festgenommen hatte.

Neuhaus verspürte weder Freude noch Genugtuung. Er schaute nur ins Nichts, in die Nacht und war müde.

EINUNDZWANZIG

Neuhaus nahm sich die Sonntags-FAZ mit in den Frühstückssaal, überblätterte aber die ersten Seiten, wo fast ausschließlich Beiträge über die Morde und den sich abzeichnenden Skandal in der SETA zu finden waren.

Man hatte ihn, Naresh und Suna-Marie am Vortag noch viele Stunden getrennt vernommen. Jeschke und Schindler waren dem Haftrichter vorgeführt, ihre Wohnungen durchsucht und sowohl die privaten als auch die Diensthandys und Computer beschlagnahmt worden. Dasselbe bei Alizé Tesch, die von allen Tante genannt wurde. Es hatte sich herausgestellt, dass sie jene Frau in der fünfköpfigen Chatgruppe war, die sich Freya nannte.

Als Neuhaus das LKA-Gebäude am frühen Samstagabend endlich verlassen hatte, waren Grabowski und Naresh gerade gemeinsam in ein Taxi gestiegen.

Heute nun würde er aus dem Mercure auschecken und zurückfahren, um nach seiner Mutter zu schauen, die sich, wie erwartet, nicht bei ihm gemeldet hatte. Vor seiner Abreise am Nachmittag war er noch einmal mit Grabowski verabredet, mit der er sich auf ihren Wunsch hin um halb zwei im Café Selig treffen würde.

Er aß sein zweites Croissant und trank seinen dritten Espresso macchiato, blätterte dabei weiter in der Zeitung, als ein kleines Faltblatt zu Boden fiel. Es waren die Mitteilungen der evangelischen Gemeinden in Neukölln über die Gottesdienste und Veranstaltungen des heutigen Tages. Er traute seinen Augen nicht. Für 10 Uhr war ein Gottesdienst mit anschließendem Konzert in der Genezareth-Kirche am Herrfurthplatz angekündigt. Es hieß, das Quatuor Ébène, vier junge französische Musiker, werde Mozarts Streichquartett in d-Moll KV 421 spielen. Eintritt frei, Spenden erbeten. Ebenso gut hätte man ihm mitteilen können, dass Bob Dylan gleich in seiner Eckkneipe auftreten werde, und er, Neuhaus, dürfe die Playlist bestimmen.

Es war 9.15 Uhr. Die Genezareth-Kirche war nur fünf Gehminuten entfernt, dennoch wurde er nervös. Er glaubte nicht, noch rechtzeitig zu kommen; sicher war der Saal schon jetzt überfüllt.

Eine freundliche, sehr evangelische Dame begrüßte ihn am Eingang. «Keine Eile, die letzten Reihen sind noch frei. Setzen Sie sich so weit wie möglich nach vorne und rücken Sie bitte zu Ihren Nachbarn auf! Am Ende werden wir jeden Platz brauchen.»

Neuhaus setzte sich neben eine stämmige Frau unbestimmbaren Alters, die beträchtlich roch. Zu ihren Füßen standen zwei große Taschen, in denen sie offenbar Leergut gesammelt hatte.

«Swantje», sagte sie und hielt ihm ihre Rechte hin.

Er schlug ein, und als sie ihn nun anlächelte, sah er, dass sie nur noch wenige Zähne im Mund hatte.

Jedes Mal, wenn der Pfarrer sich an die Gemeinde wandte, begann Swantje vernehmlich zu brabbeln und leise Flüche auszustoßen. Neuhaus musste an seine Großmutter denken. «Sie haben mir als Mädchen zu oft unter den Rock gegriffen, als dass ich die Pfarrer noch ertragen könnte», hatte die gesagt und ihren Enkel dennoch an jedem Wochenende in eine der Frankfurter Kirchen geschleppt. Sie war nicht nur süchtig nach Schlagern gewesen, sondern auch nach geistlicher Musik. «Ich brauch die Orgel, den Chor und mein Jesulein, der Rest kann mir gestohlen bleiben.» Ihre Abneigung gegen die Liturgie, gegen den rituellen Zauber, den die Geistlichen Sonntag für Sonntag vor der Gemeinde abzogen, hatte sich auf Neuhaus übertragen. Das Vaterunser allerdings sprach er wie immer lautlos mit, genau wie den Psalm 23.

Dann aber passierte es. Als der Kirchenchor begann, die Motette «Unser Leben ist ein Schatten» zu singen, schossen ihm schon nach den ersten Takten die Tränen aus den Augen, und er begann, haltlos zu schluchzen. Er spürte die Blicke der Umsitzenden, wurde aber erst wieder ruhiger, nachdem Swantje ihre Hand auf seine gelegt hatte.

«Ich wusste gar nicht, dass du in die Kirche gehst», sagte Grabowski, als sie sich jetzt im Selig gegenübersaßen.

Im Spiegel sah Neuhaus, wie er blass wurde: «Sag nicht, dass du ebenfalls da warst.»

«Ich war zu spät. Man hat mich noch reingelassen, aber ich musste ganz hinten neben der Tür stehen.»

«Dann hast du auch gesehen, wie ich ... Oh Gott, ist mir das peinlich.»

Grabowski schüttelte den Kopf. «Red keinen Unfug! Und du musst auch nichts erklären. Das lag an der traurigen Schönheit der Musik. Du warst übrigens nicht der Einzige, der ein bisschen geweint hat.»

«Und wie hat dir das Quatuor Ébène gefallen?», fragte Neuhaus.

«Es war das reine Glück. Besser kann man den Mozart nicht spielen. Oder?»

«Aber warum machen sie das? Sie sind eines der berühmtesten Streichquartette der Welt. Wieso geben sie hier ein kostenloses Konzert?»

«Sie haben auf dem Konservatorium in Boulogne-Billancourt studiert und sich dort zusammengetan. Neukölln ist verschwistert mit der Stadt, und wir haben sie schon eingeladen, als sie noch Studenten waren. Deshalb sind sie uns treu geblieben. Sie kommen fast immer her, wenn sie in Berlin sind.»

«Du weißt wirklich eine Menge, nicht nur über deine Stadt.»

«Nein», sagte sie lächelnd, «nur ein bisschen mehr, als man mir zutraut. Und gegenüber vielen anderen komme ich mir ... ich weiß nicht, irgendwie unverletzt vor.»

«Bedank dich bei deinen Eltern. Das hast du von ihnen.»

«Ich bin nächste Woche in Wiesbaden. Ich muss ins BKA. Was meinst du, wollen wir uns sehen?»

«Was ist mit dir und Naresh?», fragte Neuhaus.

«Gut», sagte sie. «Ist das ein Problem für dich?»

«Nein, ist es nicht. Komm einfach zu mir, ich freu mich auf dich.»

In einem gleichzeitigen Impuls beugten sie sich einander entgegen und küssten sich kurz auf den Mund.

Neuhaus sah Grabowski fragend an.

Sie schüttelte den Kopf. «Es ist nichts. Es gibt nichts zu reden, alles gut. Ich freu mich auch.»

ZWEIUNDZWANZIG

An der Abfahrt Wölfersheim verließ Neuhaus die Autobahn. Er wollte kurz bei Onkel Toms Hütte halten, eine Bratwurst essen und Miriam einen guten Abend wünschen.

Es gab den Imbiss nicht mehr.

Es gab nur noch den geschotterten Platz, auf dem die Trümmer des abgebrannten, kleinen Hauses lagen und daneben das schwarze Skelett des Fiat Panda.

Neuhaus fuhr zurück in den Ort und hielt vor einem Fachwerkhaus, an dem das beleuchtete Schild einer Brauerei angebracht war, darauf der Name des Restaurants: «Zum goldenen Adler».

Der Gastraum war düster und überheizt. Hinter dem Tresen stand eine Frau, Anfang vierzig, schmutzigblondes Haar, knappe Jeans, tiefes Dekolleté, Push-up-BH.

An einem Tisch saßen zwei Männer mit breiten Schultern und aufgerüstetem Bizeps, beide in ihren frühen Dreißigern. Sie trugen zu enge T-Shirts und hatten sich das gleiche Schwert auf den Oberarm tätowieren lassen. Es sah aus, als folgten sie einer Stammeskultur.

Andere Gäste gab es nicht.

Alle drei sahen Neuhaus an.

«Die Küche hat noch offen?», fragte er.

Die Wirtin senkte den Blick unter seinem und wandte sich ab. «Koch ist krank.»

Aus den Lautsprechern drang unverkennbar die nölende Stimme von Xavier Naidoo. Darunter hörte man das Blubbern des Spülwassers.

Neuhaus wandte sich an die Männer. «Darf ich Ihnen eine Frage stellen?»

Man lehnte sich zurück und verschränkte die Arme.

«Wer will fragen?»

Er hatte das Gefühl, es sei kein Fehler, sofort seinen Dienstausweis zu zeigen.

«Um was geht's, Kollege?»

«Kollege?»

Man zog ebenfalls seine Polizeiausweise hervor. Neuhaus nickte, ohne eine Miene zu verziehen.

«Sie kannten Onkel Toms Hütte?», fragte er.

Man hob die Brauen und feixte. «Jeder hier kannte den Laden.»

«Was ist passiert?»

«Abgebrannt.»

«Das habe ich gesehen. Waren Sie mit der Sache befasst?»

Erneutes Feixen. «Kann man so sagen.»

«Was ist mit Miriam?»

Man grinste breiter. Einer der beiden steckte seinen Daumen zwischen Zeige- und Mittelfinger. «Wolltest du sie ...»

Der andere wieherte.

«Was ist mit ihr? Wo ist sie?»

«Hat sich nicht bei uns abgemeldet.»

«Das heißt, sie war nicht im Haus, als es brannte?»

«Jedenfalls hat man sie nicht gefunden. Nur ihren toten Schäferhund. Der hat jetzt dieselbe Hautfarbe wie sein Frauchen.»

«Brandstiftung?», fragte Neuhaus.

«Davon gehen wir aus.»

«Gibt es jemanden, den man verdächtigt?»

«Vielleicht war sie es ja selbst. Vielleicht Versicherungsbetrug.»

«Dann lässt sie nicht ihren Hund im Haus.»

«Na ja, dadurch wirkt es glaubwürdiger. Vielleicht war ihr aber auch einfach ein wenig kalt.»

Jetzt wieherte auch die Wirtin hinter dem Tresen.

«Steht hier noch Zigeunerschnitzel auf der Karte?», fragte Neuhaus.

«Aber immer.»

«Ja», sagte Neuhaus, «das hab ich mir gedacht.»

Er wollte gerade in seinen Wagen steigen, als sein Handy sich meldete.

«Haben Sie den Film gesehen?»

«Wer ist da?»

«Ich heiße Ulrike Grabitz. Ich bin Ihre ... Ich bin deine Schwester.»

Neuhaus war unfähig zu reagieren. Er setzte sich hinters Steuer, hielt das Telefon ans Ohr, schloss die Augen und schwieg.

«Bist du noch da?», fragte sie.

«Wie hast du mich gefunden?»

«Ich bin Polizistin.»

«Aber … warum hast du mir diesen seltsamen Brief geschrieben, der sich liest wie die Nachrichten, die sich Häftlinge heimlich im Gefängnis zustecken?»

«Ich wollte nicht aus meiner Deckung kommen, deshalb habe ich mich verstellt. Ich wusste nicht, wie du auf mich reagierst. Ich hatte Angst, dass du mich ablehnen könntest.»

Er schüttelte den Kopf. «Zwei Kinder einer Sympathisantin der Rote-Armee-Fraktion werden Polizisten. Das ist …»

«Ja», sagte sie. «Ich weiß. Ich denke schon lange darüber nach.»

«Wollen wir uns kennenlernen?», fragte er.

«Ja, das wollen wir. Aber gib mir ein wenig Zeit. Ich bin noch nicht so weit. Ich melde mich wieder. Darf ich?»

«Ja», sagte er, aber sie hatte bereits aufgelegt. Und Neuhaus wandte den Blick vom Goldenen Adler ab und sah in den Mond, unter dem ein Schwarm Wildgänse gen Süden flog.

Danksagung

Ich bedanke mich bei Tile von Damm, Christian Drosten, Rolf-Bernhard Essig, Stefan Förner, Tina Förner, Marcus Gärtner, Gaby Gerster, Holger Geule-Volkmuth, Korinna Hennig, Daniel Henschel, Daniel Kahn, Gernot Kiefer, Atilla Korap, Anne-Claire Kühne, Constantin Landes, Barbara Laugwitz, Stefan Mumme, Nadja Niesen, Lisa Marie Paesike, Michael Probst, Katharina Schlott, Bernd Schmitt (dualexperte.com), Moritz Schuller und Jürgen Weidt.

Wie immer bei Christiane und Paula. Und diesmal auch bei Lukas.

Anmerkung des Autors

Hilfreich für die im Roman verwendeten Informationen waren: Gilles Antonowicz, L'Affaire Halimi – Du crime crapuleux au meurtre antisémite; Jean-Michel Decugis, Les Coulisses du 13 novembre; Frankfurter Allgemeine Zeitung; Guardian; Alexandre Lévy, Le gang des barbares: chronique d'un fiasco policier; Libération; Le Monde; Le Parisien; Gerhard Piper, Der Terroranschlag auf den Breitscheidplatz (auf milfors.de); Der Spiegel; Christian Stahl, In den Gangs von Neukölln – Das Leben des Yehya E.; Süddeutsche Zeitung; Der Tagesspiegel; Elsa Vigoureux, L'Affaire du gang des barbares; Wikipedia; Die Zeit.

Zitatnachweise

Songtext S. 19 aus: I Know It's Over, Text: Steven Patrick Morrisey & Johnny Marr. Originalverlag: Marr Songs Ltd.

Zitat S. 22 aus: Onkel Toms Hütte, Harriet Beecher Stowe, Deutsch von W. E. Drugulin.

Songtext S. 25 aus: Cold Cold Ground, Text: Tom Waits. Original Verlag Jalma Music.

Gedicht S. 37 aus: Im Abendrot, Joseph von Eichendorff

Gedicht S. 105 aus: Was ist der Mensch, Gottfried Benn.

Songtext S. 198 aus: Marina, Text: Rocco Granata. Originalverlag: Granata-Music-Editions.

Songtext S. 198 aus: Schöner fremder Mann, Text: Athena Hosey & Gordon Hal. Originalverlag: Emi Full Keel Music.